美

BEAUTY IS
A LIFELONG PRACTICE

美是一生的修行

朱光潜——著

中国出版集团
现代出版社

心里印着美的意象，常受美的意象浸润，自然也可以少存些浊念。

这个世界之所以美满，就在有缺陷，就在有希望的机会，有想象的田地。换句话说，世界有缺陷，可能性才大。这种可能而未能的状况就是无言之美。

善是一种美，我们不容行为有瑕疵，犹如不容一件艺术作品有缺陷。求行为的善，即所以维持人格的完美与人性的尊严。

宇宙间许多至理妙谛，寄寓于极平常微细的事物中，冷静的人才能静观，才能发现“万物皆自得”。

人须有生趣才能有生机。生趣是在生活中所领略得的快乐，生机是生活发扬所需要的力量。

人生本来就是一种较广义的艺术。每个人的生命史就是他自己的作品。知道生活的人就是艺术家，他的生活就是艺术作品。

目录

无言之美

这个世界之所以美满，就在有缺陷，就在有希望的机会，有想象的田地。换句话说，世界有缺陷，可能性才大。这种可能而未能的状况就是无言之美。

谈人生与我

从草木虫鱼的生活，我学得一个经验。我不在生活以外别求生活方法，不在生活以外别求生活目的。

万物皆自得

宇宙间许多至理妙谛，寄寓于极平常微细的事物中，冷静的人才能静观，才能发现“万物皆自得”。

宁静以致远

人须有生趣才能有生机。生趣是在生活中所领略得的快乐，生机是生活发扬所需要的力量。所谓“宁静以致远”就包含生趣和生机两个要素在内，宁静才能有丰富的生趣和生机。

慢慢走，欣赏啊！

人生本来就是一种较广义的艺术。每个人的生命史就是他自己的作品。知道生活的人就是艺术家，他的生活就是艺术作品。

无言之美

这个世界之所以美满，就在有缺陷，就在有希望的机会，有想象的田地。换句话说，世界有缺陷，可能性才大。这种可能而未能的状况就是无言之美。

生命

既没有了解生命，我们凭什么对付生命呢？于是我想到这世间纷纷扰攘的人们。

说起来已是二十年前的事了。如今我还记得清楚，因为那是我生平中一个最深刻的印象。有一年夏天，我到苏格兰西北海滨一个叫做爱约夏的地方去游历，想趁便去拜访农民诗人彭斯的草庐。那一带地方风景仿佛像日本内海而更曲折多变化。海湾伸入群山间成为无数绿水映着青山的湖。湖和山都老是那样恬静幽闲而且带着荒凉景象，几里路中不容易碰见一个村落，处处都是山，谷，树林和草坪。走到一个湖滨，我突然看见人山人海，男的女的，老的少的，穿深蓝大红衣服的，褴褛蹒跚的，蠕蠕蠢动，闹得喧天震地：原来那是一个有名的浴场。那是星期天，人们在城市里做了六天的牛马，来此过一天快活日子。他们在炫耀他们的服装，他们的嗜好，他们的皮肉，他们的欢爱，他们的文雅与村俗。像湖水的波涛汹涌一样，他们都投在生命的狂澜里，尽情享一日的欢乐。就在这么一个场合中，一位看来像是皮鞋匠的牧师在附近草坪中竖起一个讲台向寻乐的人们布道。他也吸引了一大群人。他喧嚷，群众喧嚷，湖水也喧嚷，他的话无从听清楚，只有“天国”“上帝”“忏悔”“罪孽”几个较熟的字眼偶尔可以分辨出来。那群众常是流动的，时而由湖水里爬上来看牧师，时而由牧师那里走下湖水。游泳的游泳，听道的听道，总之，都在凑热闹。

对着这场热闹，我伫立凝神一反省，心里突然起了一阵空虚寂寞的感觉，我思量到生命的问题。摆在我们面前的显然就是生命。我首先感到的是这生命太不调和。那么幽静的湖山当中有那么一大群嘈杂的人在嬉笑取乐，有如佛堂中的蚂蚁抢搬虫尸，已嫌不称；又加上两位牧师对着那些喝酒，抽烟，穿着游泳衣裸着胳膊大腿卖眼色的男男女女讲“天国”和“忏悔”，这岂不是对于生命的一个强烈的讽刺？约翰授洗者在沙漠中高呼救世主来临的消息，他的声音算是投在虚空中了。那位苏格兰牧师有什么可比约翰的？他以布道为职业，于道未必有所知见，不过剽窃一些空洞的教门中语扔到头脑空洞的人们的耳里，岂不是空虚而又空虚？推而广之，这世间一切，何尝不都是如此？比如那些游泳的人们在尽情欢乐，虽是热烈，却也很盲目，大家不过是机械地受生命的动物的要求在鼓动驱遣，太阳下去了，各自回家，沙滩又恢复它的本来的清寂，有如歌残筵散。当时我感觉空虚寂寞者在此。

但是像那一大群人一样，我也欣喜赶了一场热闹，那一天算是没有虚度，于今回想，仍觉那回事很有趣。生命像在那沙滩所表现的，有图画家所谓阴阳向背，你跳进去扮演一个角色也好，站在旁边闲望也好，应该都可以叫你兴高采烈。在那一顷刻，生命在那些人们中动荡，他们领受了生命而心满意足了，谁有权去鄙视他们，甚至于怜悯他们？厌世疾俗者一半都是妄自尊大，我惭愧我有时未能免俗。

孔子看流水，发过一个最深永的感叹，他说：“逝者如斯夫，不舍昼夜！”生命本来就是流动，单就“逝”的一方面来看，不免令人想到毁灭与空虚；但是这并不是有去无来，而是去的若不去，来的就不能来，生生不息，才能念念常新。莎士比亚说生命“像一个白痴说的故事，满足声响和愤激，毫无意义”，虽是慨乎言之，却不是一句见道之语。生命是一个说故事的人，虽老是抱着那么陈腐的“母题”转，而每一顷刻中的故事却是新鲜的，自有意义的。这一顷刻中有了新鲜有意义的故事，这一顷刻中我们心满意足了，这一顷刻的生命便不能算是空虚。生命原是一顷刻接着一顷刻地实现，好在它“不舍昼夜”。算起总账来，层层实数相加，决不会等于零。人们不抓住每一顷刻在实现中的人生，而去追究过去的原因与未来的究竟，那就犹如在相加各项数目的总和之外求这笔加法的得数。追究最初因与最后果，都要走到“无穷追溯”（reductio ad infintum）。这道理哲学家们本应知道，而爱追究最初因与最后果的偏偏是些哲学家们。这不只是不谦虚，而且是不通达。一件事物实现了，它的形象在那里，它的原因和目的也就在那里。种中有果，果中也有种，离开一棵植物无所谓种与果，离开种与果也无所谓一棵植物（像我的朋友废名先生在他的《阿赖耶识论》里所说明的）。比如说一幅画，有什么原因和目的！它现出一个新鲜完美的形象，这岂不就是它的生命、它的原因、它的目的？

且再拿这幅画来比譬生命。我们过去生活正如画一幅画，当前我们所要经心的不是这幅画画成之后会有怎样一个命运，归于永恒或是归于毁灭，而是如何把它画成一幅画，有画所应有的形象与生命。不求诸抓得住的现在而求诸渺茫不可知的未来，这正如佛经所说的身怀珠玉而向他人行乞。但是事实上许多人都在未来的永恒或毁灭上打计算。波斯大帝带着百万大军西征希腊，过海勒斯朋海峡时，他站在将台看他的大军由船桥上源源不绝地渡过海峡，他忽然流涕向他的叔父说："我想到人生的短促，看这样多的大军，百年之后，没有一个人还能活着，心里突然起了阵哀悯。"他的叔父回答说："但是人生中还有更可哀的事咧，我们在世的时间虽短促，世间没有一个人，无论在这大军之内或在这大军之外，能够那样幸运，在一生中不有好几次不愿生而宁愿死。"这两人的话都各有至理，至少是能反映大多数人对于生命的观感。嫌人生短促，于是设种种方法求永恒。秦皇汉武信方士，求神仙，以及后世道家炼丹养气，都是妄想所谓"长生"。"服食求神仙，多为药所误，不如饮美酒，被服纨与素"，这本是诗人愤疾之言，但是反话大可作正话看；也许作正话看，还有更深的意蕴。说来也奇怪，许多英雄豪杰在生命的流连上都未能免俗。我因此想到曹孟德的遗嘱：

吾死之后，葬于邺之西冈上，妾与妓人皆着铜雀台，台上施六尺床，下穗帐。朝哺上酒脯粻糒之属，每月朔十五，辄向帐前作伎，汝等时登台望吾西陵墓田。

他计算得真周到，可怜虫！谢朓说得好：

穗帷飘井干，樽酒若平生。

郁郁西陵树，讵闻歌吹声！

孔子毕竟是达人，他听说桓司马自为石郭，三年而不成，便说“死不如速朽之为愈也”。谈到朽与不朽问题，这话也很难说。我们固无庸计较朽与不朽，朽之中却有不朽者在。曹孟德朽了，陵雀台妓也朽了，但是他的那篇遗嘱，何逊谢朓李贺诸人的铜雀台诗，甚至于铜雀台一片瓦，于今还叫讽咏摩挲的人们欣喜赞叹。“前水复后水，古今相续流”，历史原是纳过去于现在，过去的并不完全过去。其实若就种中有果来说，未来的也并不完全未来，这现在一顷刻实在伟大到不可思议，刹那中自有终古，微尘中自有大千，而汝心中亦自有天国。这是不朽的第一义谛。

相反两极端常相交相合。人渴望长生不朽，也渴望无生速朽。我们回到波斯大帝的叔父的话：“世间没有一个人在一生中不有好几次不愿生宁愿死。”痛苦到极点想死，一切自杀者可以为证；快乐到极点也还是想死，我自己就有一两次这样经验，一次是在二十余年前一个中秋前后，我乘船到上海，夜里经过焦山，那时候大月亮正照着山上的庙和树，江里的细浪像金线在轻轻地翻滚，我一个人在甲板上走，船上原是载满了人，我不觉得有一个人，我心里那时候也有那万里无云，水月澄莹的景象，于是非常喜悦，于是突然起了脱离这个世界的愿望。另外一次也是在秋天，时间是傍晚，我在北海里的白塔顶上望北平城里底楼台烟树，望到西郊的远山，望到将要下去的红烈烈的太阳，想起李白的“西风残照，汉家陵阙”那两个名句，觉得目前的境界真是苍凉而雄伟，当时我也感觉到我不应该再留在这个世界里。我自信我的精神正常，但是这两次想死的意念真来得突兀。诗人济慈在《夜莺歌》里于欣赏一个极幽美的夜景之后，也表示过同样的愿望，他说：

> Now more than ever seems it rich to die
>
> 现在死像比任何时都较丰富。

他要趁生命最丰富的时候死，过了那良辰美景，死在一个平凡枯燥的场合里，那就死得不值得。甚至于死本身，像鸟歌和花香一样，也可成为生命中一种奢侈的享受。我两次想念到死，下意识中是否也有这种奢侈欲，我不敢断定。但是如今冷静地分析想死的心理，我敢说它和想长生的道理还是一样，都是对于生命的执着。想长生是爱着生命不肯放手，想死是怕放手轻易地让生命溜走，要死得痛快才算活得痛快，死还是为着活，为着活的时候心里一点快慰。好比贪吃的人想趁吃大鱼大肉的时候死，怕的是将来吃不到那样好的，根本还是由于他贪吃，否则将来吃不到那样好的，对于他毫不感威胁。

生命的执着属于佛家所谓“我执”，人生一切灾祸罪孽都由此起。佛家针对着人类的这个普遍的病根，倡无生，破我执，可算对症下药。但是佛家也并不曾主张灭生灭我，不曾叫人类做集体的自杀，而只叫人明白一般人所希求的和所知见的都是空幻。还不仅此，佛家在积极方面还要慈悲救世，对于生命是取护持的态度。舍身饲虎的故事显示我们为着救济他生命，须不惜牺牲己生命。我心里对此尝存一个疑惑：既证明生命空幻而还要这样护持生命是为什么呢？目前我对于佛家的了解还不够使我找出一个圆满的解答。不过我对于这生命问题倒有一个看法，这看法大体源于庄子（我不敢说它是否合于佛家的意思）。庄子尝提到生死问题，在《大宗师》篇说得尤其透辟。在这篇里他着重一个“化”字，我觉得这“化”字非常之妙。中国人称造物为“造化”，万物为“万化”。生命原就是化，就是流动与变易。整个宇宙在化，物在化，我也在化。只是化，并非毁灭。草木虫鱼在化，它们并不因此而有所忧喜，而全体宇宙也不因此而有所损益。何以我独于我的化看成世间一件大了不起的事呢？我特别看待我的化，这便是“我执”。庄子对此有一段妙喻：

今大冶铸金，金踊跃曰“我且必为莫邪”，大冶必以为不祥之金。今一犯人之形，而曰“人耳，人耳”，夫造化者必以为不祥之人。今一以天地为大炉，以造化为大冶，恶乎往而不可哉？成然寐，蘧然觉。

在这个比喻里，庄子破了“我执”，也解决了生死问题。人在造化手里，听他铸，听他“化”而已，强立物我分别，是为不祥。庄子所谓寐觉，是比喻生死。睡一觉醒过来，本不算一回事，生死何尝不如此？寐与觉为化，生与死也还是化。庄周梦为蝴蝶，则“栩栩然蝴蝶也”；“俄然觉，则蘧蘧然周也”；生而为人，死而化为鼠肝虫背，都只有听之而已。在生时这个我在大化流行中有他的妙用，死后我的化形也还是如此，庄子说：

浸假而化予之左臂以为鸡，予因以求时夜；浸假而化予之右臂以为弹，予因以求鸮炙……

物质毕竟是不灭的，漫说精神。试想宇宙中有几许因素来化成我，我死后在宇宙中又化成几许事物，经过几许变化，发生几许影响，这是何等伟大而悠久，丰富而曲折的一个游历、一个冒险？这真是所谓“逍遥游”！

这种人生态度就是儒家所谓“赞天地之化育”，郭象所谓“随变任化”（见《大宗师》篇“相忘以生”句注），翻成近代语就是“顺从自然”。我不愿辩护这种态度是否为颓废的或消极的，懂得的人自会懂得，无庸以口舌争。近代人说要“征服自然”，道理也很正大。但是怎样征服？还不是要顺从自然的本性？严格地说，世间没有一件不自然的事，也没一件事能不自然。因为这个道理，全体宇宙才是一个整一融贯的有机体，大化运行才是一部和谐的交响曲，而 cosmos 不是 chaos。人的最聪明的办法是与自然合拍，如草木在和风丽日中开着花叶，在严霜中枯谢，如流水行云自在运行无碍，如“鱼相与忘于江湖”。人的厄运在当着自然的大交响曲“唱翻腔”，来破坏它的和谐。执我执法，贪生想死，都是“唱翻腔”。

孔子说过：“朝闻道，夕死可矣。”人难能的是这“闻道”。我们谁不自信聪明，自以为比旁人高一着？但是谁的眼睛能跳开他那“小我”的圈子而四方八面地看一看？谁的脑筋不堆着习俗所扔下来的一些垃圾？每个人都有一个密不通风的“障”包围着他。我们的“根本惑”像佛家所说的，是“无明”。我们在这世界里大半是“盲人骑瞎马”，横冲直撞，怎能不闯祸事！所以说来说去，人生最要紧的事是“明”，是“觉”，是佛家所说的“大圆镜智”。法国人说“了解一切，就是宽恕一切”；我们可以补上一句“了解一切，就是解决一切”。生命对于我们还有问题，就因为我们对它还没有了解。既没有了解生命，我们凭什么对付生命呢？于是我想到这世间纷纷扰攘的人们。

1947 年 8 月

慈慧殿三号
——北平杂写之一

我在这城市中所听到的一切声音都像那一夜所听到的步声，听起来那么近，而实在却又那么远。

慈慧殿并没有殿，它只是后门里一个小胡同，因西口一座小庙得名。庙中供的是什么菩萨，我在此住了三年，始终没有去探头一看，虽然路过庙门时，心里总是要费一番揣测。慈慧殿三号和这座小庙隔着三四家居户，初次来访的朋友们都疑心它是庙，至少，它给他们的是一座古庙的印象，尤其是在树没有叶的时候；在北平，只有夏天才真是春天，所以慈慧殿三号像古庙的时候是很长的。它像庙，一则是因为它荒凉，二则是因为它冷清，但是最大的类似点恐怕在它的建筑，它孤零零地兀立在破墙荒园之中，显然与一般民房不同。这三年来，我做了它的临时“住持”，到现在仍没有请书家题一个某某斋或某某馆之类的扁额来点缀，始终很固执地叫它“慈慧殿三号”，这正如有庙无佛，多一事不如省一事。

慈慧殿三号的左右邻家都有崭新的朱漆大门，它的破烂污秽的门楼居在中间，越发显得它是一个破落户的样子。一进门，右手是一个煤栈，是今年新搬来的，天晴时天井里右方隙地总是晒着煤球，有时门口停着运煤的大车以及它所应有的附属品——黑麻布袋、黑牲口、满面涂着黑煤灰的车夫。在北方居过的人会立刻联想到一种类型的龌龊场所。一粘上煤没有不黑不脏的，你想想德胜门外、门头沟车站或是旧工厂的锅炉房，你对于慈慧殿三号的门面就可以想象得一个大概。

和煤栈对面的——仍然在慈慧殿三号疆域以内——是一个车房，所谓“车房”就是停人力车和人力车夫居住的地方。无论是停车的或是住车夫的房子照例是只有三面墙，一面露天。房子对于他们的用处只是遮风雨；至于防贼，掩盖秘密，都全是另一个阶级的需要。慈慧殿三号的门楼左手只有两间这样三面墙的房子，五六个车子占了一间；在其余的一间里，车夫，车夫的妻子和猫狗进行他们的一切活动：做饭，吃饭，睡觉，养儿子，会客谈天等等。晚上回来，你总可以看见车夫和他的大肚子的妻子“举案齐眉”式的蹬在地上用晚饭，房东的看门的老太婆捧着长烟杆，闭着眼睛，坐在旁边吸旱烟。有时他们围着那位精明强干的车夫听他演说时事或故事。虽无瓜架豆棚，却是乡村式的太平岁月。

这些都在二道门以外。进二道门一直望进去是一座高大而空阔的四合房子。里面整年地鸦雀无声，原因是唯一的男主人天天是夜出早归，白天里是他的高卧时间；其余尽是妇道之家，都挤在最后一进房子，让前面的房子空着。房子里面从“御赐”的屏风到四足不全的椅凳都已逐渐典卖干净，连这座空房子也已经抵押了超过卖价的债项。这里面七八口之家怎样撑持他们的槁木死灰的生命是谁也猜不出来的疑案。在三十年以前他们是声威煊赫的“黄代子”，杀人不用偿命的。我和他们整年无交涉，除非是他们的“大爷”偶尔拿一部宋拓圣教序或是一块端砚来向我换一点烟资，他们的小姐们每年照例到我的园子里来两次，春天来摘一次丁香花，秋天来打一次枣子。

煤栈，车房，破落户的旗人，北平的本地风光算是应有尽有了。我所住持的“庙”原来和这几家共一个大门出入，和他们公用“慈慧殿三号”的门牌，不过在事实上是和他们隔开来的。进二道门之后向右转，当头就是一道隔墙。进这隔墙的门才是我所特指的“慈慧殿三号”。本来这园子的几十丈左右长的围墙随处可以打一个孔，开一个独立的门户。有些朋友们嫌大门口太不像样子，常劝我这样办，但是我始终没有听从，因为我舍不得煤栈车房所给我的那一点劳动生活的景象，舍不得进门时那一点曲折和跨进园子时那一点突然惊讶。如果自营一个独立门户，这几个美点就全毁了。

从煤栈车房转弯走进隔墙的门，你不能不感到一种突然惊讶。如果是早晨的话，你会立刻想到“清晨入古寺，初日照高林。曲径通幽处，禅房花木深”几句诗恰好配用在这里的。百年以上的老树到处都可爱，尤其是在城市里成林；什么种类都可爱，尤其是松柏和楸。这里没有一棵松树，我有时不免埋怨百年以前经营这个园子的主人太疏忽。柏树也只有一棵大的，但是它确实是大，而且一走进隔墙门就是它，它的浓荫布满了一个小院子，还分润到三间厢房。柏树以外，最多的是枣树，最稀奇的是楸树。北平城里人家有三棵两棵楸树的便视为珍宝。这里的楸树一数就可以数上十来棵，沿后院东墙脚的一排七棵俨然形成一段天然的墙。我到北平以后才见识楸树，一见就欢喜它。它在树木中间是神仙中间的铁拐李，《庄子》所说的“大本臃肿而不中绳墨，小枝卷曲而不中规矩”，拿来形容楸似乎比形容樗更恰当。最奇怪的是这臃肿卷曲的老树到春天来会开类似牵牛的白花，到夏天来会放类似桑榆的碧绿的嫩叶。这园子里树木本来就很杂乱，大的小的，高的低的，不伦不类地混在一起；但是这十来棵楸树在杂乱中辟出一个头绪来，替园子注定一个很明显的个性。

我不是能雇用园丁的阶级中人，要说自己动手拿锄头喷壶吧，一时兴到，容或暂以此为消遣，但是“一日曝之，十日寒之”，究竟无济于事，所以园子终年是荒着的。一到夏天来，狗尾草，蒿子，前几年枣核落下地所长生的小树，以及许多只有植物学家才能辨别的草都长得有腰深。偶尔栽几棵丝瓜、玉蜀黍，以及西红柿之类的蔬菜，到后来都没在草里看不见。我自己特别挖过一片地，种了几棵芍药，两年没有开过一朵花。所以园子里所有的草木花都是自生自长用不着人经营的。秋天栽菊花比较成功，因为那时节没有多少乱草和它作剧烈的“生存竞争”。这一年以来，厨子稍分余暇来做“开荒”的工作，但是乱草总是比他勤快，随拔随长，日夜不息。如果任我自己的脾胃，我觉得对于园子还是取绝对的放任主义较好。我的理由并不像浪漫时代诗人们所怀想的，并不是要找一个荒凉凄惨的境界来配合一种可笑的伤感。我欢喜一切生物和无生物尽量地维持它们的本来面目，我欢喜自然的粗率和芜乱，所以我始终不能真正地欣赏一个很整齐有秩序，路像棋盘，常青树剪成几何形体的园子，这正如我不喜欢赵子昂的字、仇英的画，或是一个中年妇女的油头粉面。我不要求房东把后院三间有顶无墙的破屋拆去或修理好，也是因为这个缘故。它要倒塌，就随它自己倒塌去；它一日不倒塌，我一日尊重它的生存权。

园子里没有什么家畜动物。三年前宗岱和我合住的时节，他在北海里捉得一只刺猬回来放在园子里养着。后来它在夜里常作怪声气，惹得老妈见神见鬼。近来它穿墙迁到邻家去了，朋友送了一只小猫来，算是补了它的缺。鸟雀儿北方本来就不多，但是因为几十棵老树的招邀，北方所有的鸟雀儿这里也算应有尽有。长年的顾客要算老鸹。它大概是鸦的别名，不过我没有下过考证。在南方它是不祥之鸟，在北方听说它有什么神话传说保护它，所以它虽然那样的“语言无谓，面目可憎”，却没有人肯剿灭它。它在鸟类中大概是最爱叫苦爱吵嘴的。你整年都听它在叫，但是永远听不出一点叫声是表现它对于生命的欣悦。在天要亮未亮的时候，它叫得特别起劲，它仿佛拼命地不让你享受香甜的晨睡，你不醒，它也引你做惊惧梦。我初来时曾买了弓弹去射它，后来弓坏了，弹完了，也就只得向它投降。反正披衣冒冷风起来驱逐它，你也还是不能睡早觉。老鸹之外，麻雀甚多，无可记载。秋冬之季常有一种颜色极漂亮的鸟雀成群飞来，形状很类似画眉，不过不会歌唱。宗岱在此时硬说它来有喜兆，相信它和他请铁板神算家所批的八字都预兆他的婚姻恋爱的成功，但是他的讼事终于是败诉，他所追求的人终于是高飞远扬。他搬走以后，这奇怪的鸟雀到了节令仍旧成群飞来。鉴于往事，我也就不肯多存奢望了。

有一位朋友的太太说慈慧殿三号颇类似《聊斋志异》中所常见的故家第宅，“旷废无居人，久之蓬蒿渐满，双扉常闭，白昼亦无敢入者……”但是如果有一位好奇的书生在月夜里探头进去一看，会瞟见一位散花天女，嫣然微笑，叫他“不觉神摇意夺”，如此等情……我本凡胎，无此缘分，但是有一件“异”事也颇堪一“志”。有一天晚上，我躺在沙发上看书，凌坐在对面的沙发上共着一盏灯做针线，一切都沉在寂静里，猛然间听见一位穿革履的女人滴滴答答地从外面走廊的砖地上一步一步地走进来。我听见了，她也听见了，都猜着这是沉樱来了——她有时踏这种步声走进来。我走到门前掀帘子去迎她，声音却没有了，什么也没有看见。后来再四推测所得的解释是街上行人的步声，因为夜静，虽然是很远，听起来就好像近在咫尺。这究竟很奇怪，因为我们坐的地方是在一个很空旷的园子里，离街很远，平时在房子里绝对听不见街上行人的步声，而且那次听见步声分明是在走廊的砖地上。这件事常存在我的心里，我仿佛得到一种启示，觉得我在这城市中所听到的一切声音都像那一夜所听到的步声，听起来那么近，而实在却又那么远。

1936 年 8 月

后门大街

——北平杂写之二

在这个世界里的人们，无论他们的生活是复杂或简单，关于谁你能够说，“我真正明白他的底细”呢？

人生第一乐趣是朋友的契合。假如你有一个情趣相投的朋友居在邻近，风晨雨夕，彼此用不着走许多路就可以见面，一见面就可以毫无拘束地闲谈，而且一谈就可以谈出心事来，你不嫌他有一点怪脾气，他也不嫌你迟钝迂腐，像约翰逊和鲍斯韦尔在一块儿似的，那你就没有理由埋怨你的星宿。这种幸福永远使我可望而不可攀。第一，我生性不会谈话，和一个朋友在一块儿坐不到半点钟，就有些心虚胆怯，刻刻意识到我的呆板干枯叫对方感到乏味。谁高兴向一个只会说“是的”，“那也未见得”之类无谓语的人溜嗓子呢？其次，真正亲切的朋友都要结在幼年，人过三十，都不免不由自主地染上一些世故气，很难结交真正情趣相投的朋友。“相识满天下，知心能几人？”虽是两句平凡语，却是慨乎言之。因此，我唯一的解闷的方法就只有逛后门大街。

居住过北平的人都知道北平的街道像棋盘线似的依照对称原则排列。有东四牌楼就有西四牌楼，有天安门大街就有地安门大街。北平的精华可以说全在天安门大街。它的宽大，整洁，辉煌，立刻就会使你觉到它象征一个古国古城的伟大雍容的气象。地安门（后门）大街恰好给它做一个强烈的反称。它偏僻，阴暗，湫隘，局促，没有一点可以叫一个初来的游人留恋。我住在地安门里的慈慧殿，要出去闲逛，就只有这条街最就便。我无论是阴晴冷热，无日不出门闲逛，一出门就很机械地走到后门大街。它对于我好比一个朋友，虽是平凡无奇，因为天天见面，很熟悉，也就变成很亲切了。

从慈慧殿到北海后门比到后门大街也只远几百步路。出后门，一直向北走就是后门大街，向西转稍走几百步路就是北海。后门大街我无日不走，北海则从老友徐中舒随中央研究院南迁以后（他原先住在北海），我每周至多只去一次。这并非北海对于我没有意味，我相信北海比我所见过的一切园子都好，但是北海对于我终于是一种奢侈，好比乡下姑娘的唯一的一件漂亮衣，不轻易从箱底翻出来穿一穿的。有时我本预备去北海，但是一走到后门，就变了心眼，一直朝北去走大街，不向西转那一个弯。到北海要买门票，花二十枚铜子是小事，免不着那一层手续，究竟是一种麻烦；走后门大街可以长驱直入，没有站岗的向你伸手索票，打断你的幻想。这是第一个分别。在北海逛的是时髦人物，个个是衣裳楚楚，油头滑面的。你头发没有梳，胡子没有光，鞋子也没有换一双干净的，“囚首垢面而谈诗书”，已经是大不韪，何况逛公园？后门大街上走的尽是贩夫走卒，没有人嫌你怪相，你可以彻底地“随便”。这是第二个分别。逛北海，走到“仿膳”或是“漪澜堂”的门前，你不免想抬头看看那些喝茶的中间有你的熟人没有，但是你又怕打招呼，怕那里有你的熟人，故意地低着头匆匆地走过去，像做了什么坏事似的。在后门大街上你准碰不见一个熟人，虽然常见到彼此未通过姓名的熟面孔，也各行其便，用不着打无谓的招呼。你可以尽量地饱尝着“匿名者”（incognito）的心中一点自由而诡秘的意味。这是第三个分别。因为这些缘故，我老是牺牲北海的朱梁画栋和香荷绿柳而独行踽踽于后门大街。

到后门大街我很少空手回来。它虽然是破烂，虽然没有半里路长，却有十几家古玩铺，一家旧书店。这一点点缀可以见出后门大街也曾经过一个繁华时代，阅历过一些沧桑岁月，后门旧为旗人区域，旗人破落了，后门也就随之破落。但是那些破落户的破铜破铁还不断地送到后门的古玩铺和荒货摊。这些东西本来没有多少值得收藏的，但是偶尔遇到一两件，实在比隆福寺和厂甸的便宜。我花过四块钱买了一部明初拓本《史晨碑》，六块钱买了二十几锭乾隆御墨，两块钱买了两把七星双刀，有时候花几毛钱买一个瓷瓶，一张旧纸，或是一个香炉。这些小东西本无足贵，但是到手时那一阵高兴实在是很值得追求，我从前在乡下时学过钓鱼，常蹬半天看不见浮标幌影子，偶然钓起来一个寸长的小鱼，虽明知其不满一咽，心里却非常愉快，我究竟是钓得了，没有落空。我在后门大街逛古董铺和荒货摊，心情正如钓鱼。鱼是小事，钓着和期待着有趣，钓得到什么，自然更是有趣。许多古玩铺和旧书店的老板都和我由熟识而成好朋友。过他们的门前，我的脚不由自主地踏进去。进去了，看了半天，件件东西都还是昨天所见过的。我自己觉得翻了半天还是空手走，有些对不起主人；主人也觉得没有什么新东西可以卖给我，心里有些歉然。但是这一点不尴尬，并不能妨碍我和主人的好感，到明天，我的脚还是照旧地不由自主地踏进他的门，他也依旧打起那副笑面孔接待我。

后门大街龌龊，是毋庸讳言的。就目前说，它虽不是贫民窟，一切却是十足的平民化。平民的最基本的需要是吃，后门大街上许多活动都是根据这个基本需要而在那里川流不息地进行，假如你是一个外来人在后门大街走过一趟之后，坐下来搜求你的心影，除着破铜破铁破衣破鞋之外，就只有青葱大蒜，油条烧饼和卤肉肥肠，一些油腻腻灰灰土土的七三八四和苍蝇骆驼混在一堆在你的昏眩的眼帘前幌影子。如果你回想你所见到的行人，他不是站在锅炉旁嚼烧饼的洋车夫，就是坐在扁担上看守大蒜咸鱼的小贩。那里所有的颜色和气味都是很强烈的。这些混乱而又秽浊的景象有如陈年牛酪和臭豆腐乳，在初次接触时自然不免惹起你的嫌恶；但是如果你尝惯了它的滋味，它对于你却有一种不可抵御的引诱。

别说后门大街平凡，它有的是生命和变化！只要你有好奇心，肯乱窜，在这不满半里路长的街上和附近，你准可以不断地发现新世界。我逛过一年以上，才发现路西一个夹道里有一家茶馆。花三大枚的水钱，你可以在那儿坐一晚，听一部《济公传》或是《长坂坡》。至于火神庙里那位老拳师变成我的师傅，还是最近的事。你如果有幽默的癖性，你随时可以在那里寻到有趣的消遣。有一天晚上我坐在一家旧书铺里，从外面进来一个跛子，向店主人说了关于他的生平一篇可怜的故事，讨了一个铜子出去，我觉得这人奇怪，就起来跟在他后面走，看他跛进了十几家店铺之后，腿子猛然直起来，踏着很平稳安闲的大步，唱“我好比南来雁”，沉没到一个阴暗的夹道里去了。在这个世界里的人们，无论他们的生活是复杂或简单，关于谁你能够说，“我真正明白他的底细”呢？

一到了上灯时候，尤其在夏天，后门大街就在它的古老躯干之上尽量地炫耀近代文明。理发馆和航空奖券经理所的门前悬着一排又一排的百支烛光的电灯，照相馆的玻璃窗里所陈设的时装少女和京戏名角的照片也越发显得光彩夺目。家家洋货铺门上都张着无线电的大口喇叭，放送京戏鼓书相声和说不尽的许多其他热闹玩意儿。这时候后门大街就变成人山人海，左也是人，右也是人，各种各样的人。少奶奶牵着她的花簇簇的小儿女，羊肉店的老板扑着他的芭蕉叶，白衫黑裙和翻领卷袖的学生们抱着膀子或是靠着电线杆，泥瓦匠坐在阶石上敲去旱烟筒里的灰，大家都一齐心领神会似的在听，在看，在发呆。在这种时会，后门大街上准有我；在这种时会，我丢开几十年教育和几千年文化在我身上所加的重压，自自在在地沉没在贤愚一体、皂白不分的人群中，尽量地满足牛要跟牛在一块、蚂蚁要跟蚂蚁在一块那一种原始的要求。我觉得自己是这一大群人中的一个人，我在我自己的心腔血管中感觉到这一大群人的脉搏的跳动。

后门大街。对于一个怕周旋而又不甘寂寞的人，你是多么亲切的一个朋友！

1936 年 12 月

无言之美

这个世界之所以美满，就在有缺陷，就在有希望的机会，有想象的田地。换句话说，世界有缺陷，可能性才大。这种可能而未能的状况就是无言之美。

孔子有一天突然很高兴地对他的学生说："予欲无言。"子贡就接着问他："子如不言，则小子何述焉？"孔子说："天何言哉？四时行焉，百物生焉。天何言哉？"

这段赞美无言的话，本来从教育方面着想。但是要想明了无言的意蕴，宜从美术观点去研究。

言所以达意，然而意决不是完全可以言达的。因为言是固定的、有迹象的，意是瞬息万变、缥缈无踪的。言是散碎的，意是混整的；言是有限的，意是无限的。以言达意，好像用继续的虚线画实物，只能得其近似。

所谓文学，就是以言达意的一种美术。在文学作品中，语言之先的意象和情绪意旨所附丽的语言，都要尽美尽善，才能引起美感。

尽美尽善的条件很多。但是第一要不违背美术的基本原理，要“和自然逼真”（true to nature）。这句话讲得通俗一点，就是说美术作品不能说谎。不说谎包含有两种意义：一、我们所说的话，就恰是我们所想说的话。二、我们所想说的话，我们都吐肚子说出来了，毫无余蕴。

意既不可以完全达之以言，“和自然逼真”一个条件在文学上不是做不到么？或者我们问得再直截一点，假使语言文字能够完全传达情意，假使笔之于书的和存之于心的铢两悉称，丝毫不爽，这是不是文学上所应希求的一件事？

这个问题是了解文学及其他美术所必须回答的。现在我们姑且答道：文字语言固然不能全部传达情绪意旨，假使能够，也并非文学所应希求的。一切美术作品也都是这样，尽量表现，非惟不能，而也不必。

先从事实下手研究。譬如有一个荒村或任何物体，摄影家把它照一幅相，美术家把它画一幅画。这种相片和图画可以从两个观点去比较：第一，相片或图画，哪一个较“和自然逼真”？不消说得，在同一视阈以内的东西，相片都可以包罗尽致，并且体积比例和实物都两两相称，不会有丝毫错误。图画就不然。美术家对一种境遇，未表现之先，先加一番选择。选择定的材料还须经过一番理想化，把美术家的人格参加进去，然后表现出来。所表现的只是实物一部分，就连这一部分也不必和实物完全一致。所以图画决不能如相片一样“和自然逼真”。第二，我们再问，相片和图画所引起的美感哪一个浓厚，所发生的印象哪一个深刻，这也不消说，稍有美术口胃的人都觉得图画比相片美得多。

文学作品也是同样。譬如《论语》：“子在川上曰：‘逝者如斯夫，不舍昼夜！’”几句话决没完全描写出孔子说这番话时候的心境，而“如斯夫”三字更笼统，没有把当时的流水形容尽致。如果说详细一点，孔子也许这样说：“河水滚滚地流去，日夜都是这样，没有一刻停止。世界上一切事物不都像这流水时常变化不尽么？过去的事物不就永远过去决不回头么？我看见这流水心中好不惨伤呀！……”但是纵使这样说去，还没有尽意。而比较起来，“逝者如斯夫，不舍昼夜”九个字比这段长而臭的演义就值得玩味多了！在上等文学作品中——尤其在诗词中——这种言不尽意的例子处处都可以看见。譬如陶渊明的《时运》，“有风自南，翼彼新苗”；《读〈山海经〉》，“微雨从东来，好风与之俱”，本来没有表现出诗人的情绪，然而玩味起来，自觉有一种闲情逸致，令人心旷神怡。钱起的《省试湘灵鼓瑟》末二句，“曲终人不见，江上数峰青”，也没有说出诗人的心绪，然而一种凄凉惜别的神情自然流露于言语之外。此外像陈子昂的《幽州台怀古》：“前不见古人，后不见来者。念天地之悠悠，独怆然而涕下！”李白的《怨情》：“美人卷珠帘，深坐颦蛾眉。但见泪痕湿，不知心恨谁。”虽然说明了诗人的情感，而所说出来的多么简单，所含蓄的多么深远？再就写景说，无论何种境遇，要描写得惟妙惟肖，都要费许多笔墨。但是大手笔只选择两三件事轻描淡写一下，完全境遇便呈露眼前，栩栩如生。譬如陶渊明的《归园田居》：“方宅十余亩，草屋八九间。榆柳阴后檐，桃李罗堂前。暧暧远人村，依依墟里烟。狗吠深巷中，鸡鸣桑树颠。”四十字把乡村风景描写多么真切！再如杜工部的《后出塞》：“落日照大旗，马鸣风萧萧。平沙列万幕，部伍各见招。中天悬明月，令严夜寂寥。悲笳数声动，壮士惨不骄。”寥寥几句话，把月夜沙场状况写得多么有声有色，然而仔细观察起来，乡村景物还有多少为陶渊明所未提及，战地情况还有多少为杜工部所未提及。从此可知文学上我们并不以尽量表现为难能可贵。

在音乐里面，我们也有这种感想，凡是唱歌奏乐，音调由洪壮急促而变到低微以至于无声的时候，我们精神上就有一种沉默肃穆和平愉快的景象。白香山在《琵琶行》里形容琵琶声音暂时停顿的情况说：“冰泉冷涩弦凝绝，凝绝不通声暂歇。别有幽愁暗恨生，此时无声胜有声。”这就是形容音乐上无言之美的滋味。著名英国诗人济慈（Keats）在《希腊花瓶歌》也说，“听得见的声调固然幽美，听不见的声调尤其幽美”（Heard melodies are sweet ; but those unheard are sweeter），也是说同样道理。大概喜欢音乐的人都尝过此中滋味。

就戏剧说，无言之美更容易看出。许多作品往往在热闹场中动作快到极重要的一点时，忽然万籁俱寂，现出一种沉默神秘的景象。梅特林克（Maeterlinck）的作品就是好例。譬如《青鸟》的布景，择夜阑人静的时候，使重要角色睡得很长久，就是利用无言之美的道理。梅氏并且说：“口开则灵魂之门闭，口闭则灵魂之门开。”赞无言之美的话不能比此更透辟了。莎士比亚的名著《哈姆雷特》一剧开幕便描写更夫守夜的状况，德林瓦特（Drinkwater）在其《林肯》中描写林肯在南北战争军事旁午的时候跪着默祷，王尔德（O. Wilde）的《温德梅尔夫人的扇子》里面描写温德梅尔夫人私奔在她的情人寓所等候的状况，都在兴酣局紧，心悬渴望结局时，放出沉默神秘的色彩，都足以证明无言之美的。近代又有一种哑剧和静的布景，或只有动作而无言语，或连动作也没有，就专靠无言之美引人入胜了。

雕刻塑像本来是无言的，也可以拿来说明无言之美。所谓无言，不一定指不说话，是注重在含蓄不露。雕刻以静体传神，有些是流露的，有些是含蓄的。这种分别在眼睛上尤其容易看见。中国有一句谚语说，“金刚怒目，不如菩萨低眉”。所谓怒目，便是流露；所谓低眉，便是含蓄。凡看低头闭目的神像，所生的印象往往特别深刻。最有趣的就是西洋爱神的雕刻，她们男女都是瞎了眼睛。这固然根据希腊的神话，然而实在含有美术的道理，因为爱情通常都在眉目间流露，而流露爱情的眉目是最难比拟的。所以索性雕成盲目，可以耐人寻思。当初雕刻家原不必有意为此，但这些也许是人类不用意识而自然碰着的巧。

要说明雕刻上流露和含蓄的分别，希腊著名雕刻《拉奥孔》(*Laocoon*)是最好的例子。相传拉奥孔犯了大罪，天神用了一种极惨酷的刑法来惩罚他，遣了一条恶蛇把他和他的两个儿子在一块绞死了。在这种极刑之下，未死之前当然有一种悲伤惨戚目不忍睹的一顷刻，而希腊雕刻家并不擒住这一顷刻来表现，他只把将达苦痛极点前一顷刻的神情雕刻出来，所以他所表现的悲哀是含蓄不露的。倘若是流露的，一定带了挣扎呼号的样子。这个雕刻，一眼看去，只觉得他们父子三人都有一种难言之恫；仔细看去，便可发现条条筋肉根根毛孔都暗示一种极苦痛的神情。德国莱辛(Lessing)的名著《拉奥孔》就根据这个雕刻，讨论美术上含蓄的道理。

以上是从各种艺术中信手拈来的几个实例。把这些个别的实例归纳在一起，我们可以得一个公例，就是：拿美术来表现思想和情感，与其尽量流露，不如稍有含蓄；与其吐肚子把一切都说出来，不如留一大部分让欣赏者自己去领会。因为在欣赏者的头脑里所生的印象和美感，有含蓄比较尽量流露的还要更加深刻。换句话说，说出来的越少，留着不说的越多，所引起的美感就越大越深越真切。

这个公例不过是许多事实的总结束。现在我们要进一步求出解释这个公例的理由。我们要问何以说得越少，引起的美感反而越深刻？何以无言之美有如许势力？

想答复这个问题，先要明白美术的使命。人类何以有美术的要求？这个问题本非一言可尽。现在我们姑且说，美术是帮助我们超脱现实而求安慰于理想境界的。人类的意志可向两方面发展：一是现实界，一是理想界。不过现实界有时受我们的意志支配，有时不受我们的意志支配。譬如我们想造一所房屋，这是一种意志。要达到这个意志，必费许多气力去征服现实，要开荒辟地，要造砖瓦，要架梁柱，要赚钱去请泥水匠。这些事都是人力可以办到的，都是可以用意志支配的。但是现实界凡物皆向地心下坠一条定律，就不可以用意志征服。所以意志在现实界活动，处处遇障碍，处处受限制，不能圆满地达到目的，实际上我们的意志十之八九都要受现实限制，不能自由发展。譬如谁不想有美满的家庭？谁不想住在极乐园？然而在现实界决没有所谓极乐美满的东西存在。因此我们的意志就不能不和现实发生冲突。

一般人遇到意志和现实发生冲突的时候，大半让现实征服了意志，走到悲观烦闷的路上去，以为件件事都不如人意，人生还有什么意味？所以堕落、自杀、逃空门种种的消极的解决法就乘虚而入了，不过这种消极的人生观不是解决意志和现实冲突最好的方法。因为我们人类生来不是懦弱者，而这种消极的人生观甘心让现实把意志征服了，是一种极懦弱的表示。

然则此外还有较好的解决法么？有的，就是我所谓超脱现实。我们处世有两种态度，人力所能做到的时候，我们竭力征服现实。人力莫可奈何的时候，我们就要暂时超脱现实，储蓄精力待将来再向他方面征服现实。超脱到那里去呢？超脱到理想界去。现实界处处有障碍有限制，理想界是天空任鸟飞，极空阔极自由的。现实界不可以造空中楼阁，理想界是可以造空中楼阁的。现实界没有尽美尽善，理想界是有尽美尽善的。

姑取实例来说明。我们走到小城市里去，看见街道窄狭污浊，处处都是阴沟厕所，当然感觉不快，而意志立时就要表示态度。如果意志要征服这种现实哩，我们就要把这种街道房屋一律拆毁，另造宽大的马路和清洁的房屋。但是谈何容易？物质上发生种种障碍，这一层就不一定可以做到。意志在此时如何对付呢？他说：我要超脱现实，去在理想界造成理想的街道房屋来，把它表现在图画上，表现在雕刻上，表现在诗文上。于是结果有所谓美术作品。美术家成了一件作品，自己觉得有创造的大力，当然快乐已极。旁人看见这种作品，觉得它真美丽，于是也愉快起来了，这就是所谓美感。

因此美术家的生活就是超现实的生活；美术作品就是帮助我们超脱现实到理想界去求安慰的。换句话说，我们有美术的要求，就因为现实界待遇我们太刻薄，不肯让我们的意志推行无碍，于是我们的意志就跑到理想界去求慰情的路径。美术作品之所以美，就美在它能够给我们很好的理想境界。所以我们可以说，美术作品的价值高低就看它超现实的程度大小，就看它所创造的理想世界是阔大还是窄狭。

但是美术又不是完全可以和现实界绝缘的。它所用的工具——例如雕刻用的石头，图画用的颜色，诗文用的语言——都是在现实界取来的。它所用的材料——例如人物情状悲欢离合——也是现实界的产物。所以美术可以说是以毒攻毒，利用现实的帮助以超脱现实的苦恼。上面我们说过，美术作品的价值高低要看它超脱现实的程度如何。这句话应稍加改正，我们应该说，美术作品的价值高低，就看它能否借极少量的现实界的帮助，创造极大量的理想世界出来。

在实际上说，美术作品借现实界的帮助愈少，所创造的理想世界也因而愈大。再拿相片和图画来说明。何以相片所引起的美感不如图画呢？因为相片上一形一影，件件都是真实的，而且应有尽有，发泄无遗。我们看相片，种种形影好像钉子把我们的想象力都钉死了。看到相片，好像看到二五，就只能想到一十，不能想到其他数目。换句话说，相片把事物看得忒真，没有给我们以想象余地。所以相片只能抄写现实界，不能创造理想界。图画就不然。图画家用美术眼光，加一番选择的工夫，在一个完全境遇中选择了一小部分事物，把它们又经过一番理想化，然后才表现出来。惟其留着一大部分不表现，欣赏者的想象力才有用武之地。想象作用的结果就是一个理想世界。所以图画所表现的现实世界虽极小而创造的理想世界则极大。孔子谈教育说："举一隅不以三隅反，则不复也。"相片是把四隅通举出来了，不要你劳力去"复"。图画就只举一隅，叫欣赏者加一番想象，然后"以三隅反"。

流行语中有一句说："言有尽而意无穷。"无穷之意达之以有尽之言，所以有许多意，尽在不言中。文学之所以美，不仅在有尽之言，而尤在无穷之意。推广地说，美术作品之所以美，不是只美在已表现的一小部分，尤其是美在未表现而含蓄无穷的一大部分，这就是本文所谓无言之美。

因此美术要“和自然逼真”一个信条应该这样解释：“和自然逼真”是要窥出自然的精髓所在，而表现出来；不是说要把自然当作一篇印版文字，很机械地抄写下来。

这里有一个问题会发生。假使我们欣赏美术作品，要注重在未表现而含蓄着的一部分，要超“言”而求“言外意”，各个人有各个人的见解，所得的言外意不是难免殊异么？当然，美术作品之所以美，就美在有弹性，能拉得长，能缩得短。有弹性所以不呆板。同一美术作品，你去玩味有你的趣味，我去玩味有我的趣味。譬如莎氏乐府所以在艺术上占极高位置，就因为各种阶级的人在不同的环境中都欢喜读它。有弹性，所以不陈腐。同一美术作品，今天玩味有今天的趣味，明天玩味有明天的趣味。凡是经不得时代淘汰的作品都不是上乘。上乘文学作品，百读都令人不厌的。

就文学说，诗词比散文的弹性大；换句话说，诗词比散文所含的无言之美更丰富。散文是尽量流露的，愈发挥尽致，愈见其妙。诗词是要含蓄暗示，若即若离，才能引人入胜。现在一般研究文学的人都偏重散文——尤其是小说。对于诗词很疏忽。这件事实可以证明一般人文学欣赏力很薄弱。现在如果要提高文学，必先提高文学欣赏力；要提高文学欣赏力，必先在诗词方面特下功夫，把鉴赏无言之美的能力养得很敏捷。因此我很望文学创作力在诗词方面多努力，而学校国文课程中诗歌应该占一个重要的位置。

本文论无言之美，只就美术一方面着眼。其实这个道理在伦理、哲学、教育、宗教及实际生活各方面，都不难发现。老子《道德经》开卷便说：“道可道，非常道；名可名，非常名。”就是说伦理哲学中有无言之美。儒家谈教育，大半主张潜移默化，所以拿时雨春风做比喻。佛教及其他宗教之能深入人心，也是借沉默神秘的势力。幼稚园创造者蒙台梭利利用无言之美的办法尤其有趣。在她的幼稚园里，教师每天趁儿童顽得很热闹的时候，猛然地在粉板上写一个“静”字，或奏一声琴，全体儿童于是都跑到自己的座位去，闭着眼睛蒙着头做伏案假睡的姿势，但是他们不可睡着。几分钟后，教师又用很轻微的声音，从颇远的地方呼唤各个儿童的名字。听见名字的就要立刻醒起来。这就是使儿童可以在沉默中领略无言之美。

就实际生活方面说，世间最深切的莫如男女爱情。爱情摆在肚子里面比摆在口头上来得恳切。“齐心同所愿，含意俱未申”和“更无言语空相觑”，比较“细语温存”、“怜我怜卿”的滋味还要更加甜蜜。英国诗人布莱克（Blake）有一首诗叫做《爱情之秘》（*Love's Secret*）里面说：

（一）切莫告诉你的爱情，
　　爱情是永远不可以告诉的，
　　因为她像微风一样，

不做声不做气地吹着。

（二）我曾经把我的爱情告诉而又告诉，

我把一切都披肝沥胆地告诉爱人了，

打着寒颤，耸头发地告诉，

然而她终于离我去了！

（三）她离我去了，

不多时一个过客来了。

不做声不做气地，只微叹一声，

便把她带去了。

这首短诗描写爱情上无言之美的势力，可谓透辟已极了。本来爱情完全是一种心灵的感应，其深刻处是老子所谓不可道不可名的。所以许多诗人以为“爱情”两个字本身就太滥太寻常太乏味，不能拿来写照男女间神圣深挚的情绪。

其实何止爱情？世间有许多奥妙，人心有许多灵悟，都非言语可以传达，一经言语道破，反如甘蔗渣滓，索然无味。这个道理还可以推到宇宙人生诸问题方面去。我们所居的世界是最完美的，就因为它是最不完美的。这话表面看去，不通已极，但是实在含有至理。假如世界是完美的，人类所过的生活——比好一点，是神仙的生活，比坏一点，就是猪的生活——便呆板单调已极，因为倘若件件都尽美尽善了，自然没有希望发生，更没有努力奋斗的必要。人生最可乐的就是活动所生的感觉，就是奋斗成功而得的快慰。世界既完美，我们如何能尝创造成功的快慰？这个世界之所以美满，就在有缺陷，就在有希望的机会，有想象的田地。换句话说，世界有缺陷，可能性（potentiality）才大。这种可能而未能的状况就是无言之美。世间许多奥妙，要留着不说出；世间有许多理想，也应该留着不实现。因为实现以后，跟着“我知道了”的快慰便是“原来不过如是”的失望。

天上的云霞有多么美丽！风涛虫鸟的声息有多么和谐！用颜色来摹绘，用金石丝竹来比拟，任何美术家也是作践天籁，糟蹋自然！无言之美何限？让我这种拙手来写照，已是糟粕枯骸！这种罪过我要完全承认的。倘若有人骂我胡言乱道，我也只好引陶渊明的诗回答他说：“此中有真意，欲辨已忘言！”

十三年仲冬脱稿于上虞白马湖畔

刚性美与柔性美①

刚性美是动的，柔性美是静的；动如醉，静如梦。

自然界事事物物都是理式的象征，都是共相的殊相，像柏拉图所比拟的，都是背后堤上的行人射在面前墙壁上的幻影。科学家、哲学家和美术家都想揭开自然之秘，在殊相中见出共相。但是他们的出发点不同、目的不同，因而在同一殊相中所见得的共相也不一致。

比如走进一个园子里，你抬头看见一只老鹰坐在苍劲的古松上向你瞪着雄赳赳的眼，回头又看见池边旖旎的柳枝上有一只娇滴滴的黄莺在那儿临风弄舌，这些不同的物件在你胸中所引起的情感是什么样的呢？依科学家看，松和柳同具

① 原名:《两种美》。

“树”的共相，鹰和莺同具“鸟”的共相，然而在情感方面，老鹰却和古松同调，娇莺却和嫩柳同调；借用名学的术语在美术上来说，鹰和松同具一个美的共相，莺和柳又同具一个美的共相，它们所象征的全然不同。倘若莺飞上松顶，鹰栖在柳枝，你登时就会发生不调和的感觉，虽然为变化出奇起见，这种不伦不类的配合有时也为美术家所许可的。

自然界有两种美：老鹰古松是一种，娇莺嫩柳又是一种。倘若你细心体会，凡是配用“美”字形容的事物，不属于老鹰古松的一类，就属于娇莺嫩柳的一类，否则就是两类的混合。从前人有两句六言诗说：“骏马秋风冀北，杏花春雨江南。”这两句诗每句都只提起三个殊相，然而可象征一切美。你遇到任何美的事物，都可以拿它们做标准来分类。比如说峻崖、悬瀑、狂风、暴雨、沉寂的夜或是无垠的沙漠，垓下哀歌的项羽或是床头捉刀的曹操，你可以说这是“骏马秋风冀北”的美；比如说清风、皓月、暗香、疏影、青螺似的山光、媚眼似的湖水、葬花的林黛玉或是“侧帽饮水”的纳兰，你可以说这是“杏花春雨江南”的美。因为这两句诗每句都象征一种美的共相。

这两种美的共相是什么呢？定义正名向来是难事，但是形容词是容易找的。我说“骏马秋风冀北”时，你会想到“雄浑”、“劲健”，我说“杏花春雨江南”时，你会想到“秀丽”、“纤秾”；前者是“气概”，后者是“神韵”；前者是刚性美，后者是柔性美。

刚性美是动的，柔性美是静的；动如醉，静如梦。尼采在《悲剧之起源》里说艺术有两种：一种是醉的产品，音乐和跳舞是最显著的例；一种是梦的产品，一切造型的艺术如诗如雕刻都属这一类。他拿光神阿波罗和酒神狄俄倪索斯来象征这两种艺术。你看阿波罗的光辉那样热烈吗？其实他的面孔比瞌睡汉还更恬静，世界一切色相得他的光才呈现，所以都是在那儿梦出来的。诗人和雕刻家的任务也和阿波罗一样，全是在造色相，换句话说，全是在做梦。狄俄倪索斯就完全相反。他要图刹那间的尽量的欢乐。在青葱茂密的葡萄丛里，看蝶在翩翩地飞，蜂在嗡嗡地响，他不由自主地把自己投在生命的狂澜里，放着嗓子狂歌，提着足尖乱舞。他固然没有造出阿波罗所造的那些恬静幽美的幻梦，那些光怪陆离的色相，可是他的歌和天地间生气相出息，他的舞和大自然有脉搏共起落，也是发泄，也是表现，总而言之，也是人生不可少的一种艺术。在尼采看，这两种相反的美熔于一炉，才产出希腊的悲剧。

尼采所谓狄俄倪索斯的艺术是刚性的，阿波罗的艺术是柔性的，其实在同一种艺术之中也有刚柔之别。比如说音乐，贝多芬的《第三合奏曲》和《热情曲》固然像狂风暴雨，极沉雄悲壮之致，而《月光曲》和《第六合奏曲》则温柔委婉，如悲如诉，与其谓为“醉”，不如谓为“梦”了。

艺术是自然和人生的返照，创作家往往因性格的偏向，而作品也因而畸刚或畸柔。米开朗琪罗在性格上和艺术上都是刚性美的极端的代表。你看他的《摩西》，火焰有比他的目光更烈的吗？钢铁有比他的须髯更硬的吗？你看他的《大卫》，他那副脑里怕藏着比亚力山大的更惊心动魄的雄图吧？他那只庞大的右臂迟一会儿怕要拔起喜马拉雅山去撞碎哪一个星球吧？亚当是上帝首创的人，可是要结识世界第一个理想的伟男子，你需得到罗马西斯丁教寺的顶壁上去物色，这一幅大气磅礴的创世纪记，没有一个面孔不露着超人的意志，没有一条筋肉不鼓出海格立斯的气力。对这些原始时代的巨人，我们这些退化的侏儒只得自惭形秽，吐舌惊赞。可是凡是娘养的儿子也都不免感到一件缺憾——你看除《德尔斐仙》（*Delphic Shbyl*）以外，简直没有一个人像女子！你说那位是夏娃吗？那位是马妥娜吗？假如世界女子们都像那样犷悍，除着独身终生的米开朗琪罗以外的男子们还得把头磬低些啊！

雷阿那多·达·芬奇恰好替米开朗琪罗做一个反衬。假如“亚当”是男性美的象征，女性美的象征从“密罗斯爱神”以后，就不得不推《蒙娜·丽莎》了。那庄重中寓着妩媚的眼，那轻盈而神秘的笑，那丰润而灵活的手，艺术家们已摸索了不知几许年代，到达·芬奇才算寻出，这是多么大的一个成功！米开朗琪罗画“夏娃”和“圣母”，像他画“亚当”一样，都是用他雕“大卫”和“摩西”的那一副手腕，始终脱不去那种峥嵘巍峨的气象。达·芬奇的天才是比较的多方面的，他的世界中固然也有些魁梧奇伟的男子，可是他的特长确为佩特所说的，全在“能勾魂”（fascinating），而他所以“能勾魂”，则全在能摄取女性中最令人留恋的特质表现在幕布上。藏在日内瓦的那幅《圣约翰授洗者》活像女子化身固不用说，连藏在卢浮宫的那幅《酒神》也只是一位带醉的《蒙娜·丽莎》。再看《最后的晚餐》中的耶稣！他披着发，低着眉，在慈祥的面孔中现出悲哀和恻隐，而同时又毫没有失望的神采，除着抚慰病儿的慈母以外，你在哪里能寻出他的“模特儿”呢？

中国古代哲人观察宇宙似乎全都从美术家的观点出发，所以他们在万殊中所见得的共相为“阴”与“阳”。《易经》和后来讳学家把万事万物都归原到两仪四象，其所用标准，就是我们把老鹰配古松，娇莺配嫩柳所用的标准，这种观念在一般人脑里印得很深，所以历来艺术家对于刚柔两种美分得很严。在诗方面有李、杜与王、韦之别，在词方面有苏、辛与温、李之别，在画方面有石涛、八大与六如、十洲之别，在书法方面有颜、柳与褚、赵之别。这种分别常与地域有关系，大约北人偏刚，南人偏柔，所以艺术上的南北派已成为柔性派与刚性派的别名。清朝阳湖派和桐城派对于文章的争执也就在对于刚柔的嗜好不同。姚姬传《复鲁絜非书》是讨论刚柔两种美的文字中最好的一篇，他说：

> 自诸子而降，其为文无有弗偏者。其得于阳与刚之美者，刚其文如霆如电，如长风之出谷，如崇山峻崖，如决大河，如奔骐骥；其光也如果日，如火，如金谬铁，其于人也如凭高视远，如君而朝万众，如鼓万勇士而战之。其得于阴与柔之美者，则

其文如升初日，如清风，如云，如霞，如烟，如幽林曲涧，如沦，如漾，如珠玉之辉，如鸿鹄之鸣而入寥阔；其于人也渗乎其如叹，邈乎其如有思，暖乎其如喜，愀乎其如悲。观其文，讽其音，则为文者之性情形状举以殊焉。

统观全局，中国的艺术是偏于柔性美的。中国诗人的理想境界大半是清风皓月疏林幽谷之类。环境越静越好，生活也越闲越好。他们很少肯跳出那“方宅十余亩，草屋八九间”的宇宙，而凭视八荒，遥听诸星奏乐者。他们以“乐天安命”为极大智慧，随贝雅特里奇上窥华严世界，已嫌多事，至于为着毕尝人生欢娱，穷探地狱秘奥，不惜同恶魔定卖魂约，更忒不安分守己了。因此，他们的诗也大半是微风般的荡漾，轻燕般的呢喃。过激烈的颜色，过激烈的声音，和过激烈的情感都是使他们畏避的。他们描写月的时候百倍于描写日；纵使描写日，也只能烘染朝曦九照，遇着盛夏正午烈火似的太阳，可就要逃到北窗下高卧，做他的羲皇上人了。司空图《二十四诗品》中只有“雄浑”、“劲健”、“豪放”、“悲慨”四品算是刚性美，其余二十品都偏于阴柔。我读《旧约·约伯记》、莎士比亚的《哈姆雷特》、弥尔顿的《失乐园》诸作，才懂得西方批评学者所谓“宇宙的情感”（cosmic emotion）。回头在中国文学中寻实例，除着《逍遥游》、《齐物论》、《论语·子在川上》章，陈子昂《幽州台怀古》，李白《日出东方隈》诸作以外，简直想不出其他具有“宇宙的情感”的文字。西方批评学者向以 sublime 为最上品的刚性美，而这个字不特很难应用来说中国诗，连一个恰当的译词也不易得。“雄浑”、“劲健”、“庄严”诸词都只能得其片面的意义。中国艺术缺乏刚性美在音乐方面尤易见出，比如弹七弦琴，尽管你意在高山，意在流水，它都是一样单调。

抽象立论时，常容易把分别说得过于清楚。刚柔虽是两种相反的美，有时也可以混合调和，在实际上，老鹰有栖柳枝的时候，娇莺有栖古松的时候，也犹如男子中之有杨六郎，女子中之有麦克白夫人，西子湖滨之有两高峰，西伯利亚荒原之有明媚的贝加尔。说李太白专以雄奇擅长吗？他的《闺怨》《长相思》《清平调》诸作之艳丽委婉，亦何减于《金筌》《浣花》？说陶渊明专从朴茂清幽入胜么？“纵浪大化中，不喜亦不惧”，又是何等气概？西方古典主义的理想向重和谐匀称，庄严中寓纤丽，才称上乘。到浪漫派才肯畸刚畸柔，中国向来论文的人也赞扬“柔亦不茹，刚亦不吐”，所以姚姬传说，“唯圣人之言统二气之会而弗偏”。比如书法，汉魏六朝人的最上作品如《夏承碑》《瘗鹤铭》《石门铭》诸碑，都能于气势中寓姿韵，亦雄浑，亦秀逸，后来偏刚者为柳公权之脱皮露骨，偏柔者如赵孟頫之弄态作媚，已渐流入下乘了。

十八年，六月，写于巴黎近郊玫瑰村

谈在卢佛尔宫所得的一个感想

虽则见欢爱而无留恋，虽则见罪孽而无畏惧。一切希冀和畏避的念头在霎时间都涣然冰释，只游心于和谐静穆的意境。

朋友：

去夏访巴黎卢佛尔宫，得摩挲《蒙娜·丽莎》肖像的原迹，这是我生平一件最快意的事。凡是第一流美术作品都能使人在微尘中见出大千，在刹那中见出终古。雷阿那多·达·芬奇（Leonardo da Vinci）的这幅半身美人肖像纵横都不过十几寸，可是她的意蕴多么深广！佩特（Walter Pater）在《文艺复兴论》里说希腊、罗马和中世纪的特殊精神都在这一幅画里表现无遗。我虽然不知道佩特所谓希腊的生气、罗马的淫欲和中世纪的神秘是什么一回事，可是从那轻盈笑靥里我仿佛窥透人世的欢爱和人世的罪孽。虽则见欢爱而无留恋，虽则见罪孽而无畏惧。一切希冀和畏避的念头在霎时间都涣然冰释，只游心于和谐静穆的意境。这种境界我在贝多芬乐曲里，在《密罗斯爱神》雕像里，在《浮士德》诗剧里，也常隐约领略过，可是都不如《蒙娜·丽莎》所表现的深刻明显。

我穆然深思，我悠然遐想，我想象到中世纪人们的热情，想象到达·芬奇作此画时费四个寒暑的精心结构，想象到丽莎夫人临画时听到四周的缓歌慢舞，如何发出那神秘的微笑。

正想得发呆时，这中世纪的甜梦忽然被现世纪的足音惊醒，一个法国向导领着一群四五十个男的女的美国人蜂拥而来了。向导操很拙劣的英语指着说："这就是著名的《蒙娜·丽莎》。"那班肥颈项胖乳房的人们照例露出几种惊奇的面孔，说出几个处处用得着的赞美的形容词，不到三分钟又蜂拥而去了。一年四季，人们尽管川流不息的这样蜂拥而来蜂拥而去，丽莎夫人却时时刻刻在那儿露出你不知道是怀善意还是怀恶意的微笑。

从观赏《蒙娜·丽莎》的群众回想到《蒙娜·丽莎》的作者，我登时发生一种不调和的感触，从中世纪到现世纪，这中间有多么深多么广的一条鸿沟！中世纪的旅行家一天走上二百里已算飞快，现在坐飞艇不用几十分钟就可走几百里了。中世纪的著作家要发行书籍须得请僧侣或抄胥用手抄写，一个人朝于斯夕于斯的，一年还不定能抄完一部书；现在大书坊每日可出书万卷，任何人都可以出文集诗集了。中世纪许多书籍是新奇的，连在近代，以培根、笛卡儿那样渊博，都没有机会窥亚里士多德的全豹，近如包慎伯到三四十岁时才有一次机会借阅《十三经注疏》；现在图书馆林立，贩夫走卒也能博通上下古今了。中世纪画《蒙娜·丽莎》的人须自己制画具自己配颜料，作一幅画往往须三年五载才可成功；现在美术家每日可以成几幅乃至于十几幅“创作”了。中世纪人想看《蒙娜·丽莎》须和作者或他的弟子有交谊，真能欣赏他，才能侥幸一饱眼福；现在卢佛尔宫好比十字街，任人来任人去了。

这是多么深多么广的一条鸿沟！据历史家说，我们已跨过了这鸿沟，所以我们现代文化比中世纪进步得多了。话虽如此说，而我对着《蒙娜·丽莎》和观赏《蒙娜·丽莎》的群众，终不免有所怀疑，有所惊惜。

在这个现世纪忙碌的生活中，哪里还能找出三年不窥园、十年成一赋的人？哪里还能找出深通哲学的磨镜匠，或者行乞读书的苦学生？现代科学和道德信条都比从前进步了，哪里还能迷信宗教崇尚侠义？我们固然没有从前人的呆气，可是我们也没有从前人的苦心与热情了。别的不说，就是看《蒙娜·丽莎》也只像看破烂朝报了。

科学愈进步，人类征服环境的能力也愈大。征服环境的能力愈大，的确是人生一大幸福。但是它同时也易生流弊。困难日益少，而人类也愈把事情看得太容易，做一件事不免愈轻浮粗率，而艰苦卓绝的成就也便日益稀罕。比方从纽约到巴黎还像从前乘帆船时要经许多时日，冒许多危险，美国人穿过卢佛尔宫决不会像他们穿过巴黎香榭里雪街一样匆促。

我很坚决的相信，如果美国人所谓“效率”（efficiency）以外，还有其他标准可估定人生价值，现代文化至少含有若干危机的。

“效率”以外究竟还有其他估定人生价值的标准么？要回答这个问题，我们最好拿法国理姆（Reims）、亚眠（Amiens）各处几个中世纪的大教寺和纽约一座世界最高的钢铁房屋相比较。或者拿一幅湘绣和杭州织锦相比较，便易明白。如只论“效率”，杭州织锦和纽约的钢铁房屋都是一样机械的作品，较之湘绣和理姆大教寺，费力少而效率差不多，总算没有可指摘之点。但是刺湘绣的闺女和建筑中世纪大教寺的工程师在工作时，刺一针线或叠一块砖，都要费若干心血，都有若干热情在后面驱遣，他们的心眼都钉在他们的作品上，这是近代只讲“效率”的工匠们所诧为呆拙的。织锦和钢铁房屋用意只在适用，而湘绣和中世纪建筑于适用以外还要能慰情，还要能为作者力量气魄的结晶，还要能表现理想与希望。假如这几点在人生和文化上自有意义与价值，“效率”决不是唯一的估定价值的标准，尤其不是最高品的估定价值的标准。最高品估定价值的标准一定要着重人的成分（human element），遇见一种工作不仅估量它的成功如何，还有问它是否由努力得来的，是否为高尚理想与伟大人格之表现。如果它是经过努力而能表现理想与人格的工作，虽然结果失败了，我们也得承认它是有价值的。这个道理布朗宁（Browning）在 Rabbi Ben Ezva 那篇诗里说得最精透，我不会翻译，只择几段出来让你自己去玩味：

Not on the vulgar mass
Called "Work," must sentence pass,
Things done, that took the eye and had the price;
O'er which, from level stand,
The low world laid its hand,
Found straight way to its mind, could value in a trice:
But all, the world's coarse thumb
And finger failed to plumb,
So passed in making up the main account;
All instincts immature,
All purposes unsure,
That weighed not as his work, yet swelled the man's amount:
Thoughts hardly to be packed
Into a narrow act,
Fancies that broke through thoughts and escaped;
All I could never be,
All, men ignored in me,
This I was worth to God, whose wheel the pitcher shaped.

这几段诗在我生平所给的益处最大。我记得这几句话，所以能惊赞热烈的失败，能欣赏一般人所嗤笑的呆气和空想，能景仰不计成败的坚苦卓绝的努力。

假如我的十二封信对于现代青年能发生毫末的影响，我尤其虔心默祝这封信所宣传的超“效率”的估定价值的标准能印入个个读者的心孔里去；因为我所知道的学生们、学者们和革命家们都太贪容易，太浮浅粗疏，太不能深入，太不能耐苦，太类似美国旅行家看《蒙娜·丽莎》了。

光潜

谈人生与我

从草木虫鱼的生活，我学得一个经验。我不在生活以外别求生活方法，不在生活以外别求生活目的。

谈人

世间事物最复杂因而最难懂的莫过人，懂得人就会懂得你自己。“人有一半是魔鬼，一半是仙子。”魔鬼固诡诈多端，仙子也渺茫难测。

朋友们：

谈美，我得从人谈起，因为美是一种价值，而价值属于经济范畴，无论是使用还是交换，总离不开人这个主体。何况文艺活动，无论是创造还是欣赏、批评，同样也离不开人。

你我都是人，还不知道人是怎么回事吗？世间事物最复杂因而最难懂的莫过人，懂得人就会懂得你自己。希腊人把“懂得你自己”看作人的最高智慧。可不是吗？人不像木石只有物质，而且还有意识，有情感，有意志，总而言之，有心灵。西方还有一句古谚：“人有一半是魔鬼，一半是仙子。”魔鬼固诡诈多端，仙子也渺茫难测。

作为一种动物，人是人类学的研究对象，他经过无数亿万年才由单细胞生物发展到猿，又经过无数亿万年才由类人猿发展到人。正如人的面貌还有类人猿的遗迹，人的习性中也还保留一些兽性，即心理学家所说的“本能”。

我们这些文明人是由原始人或野蛮人演变来的，除兽性之外，也还保留着原始人的一些习性。要了解现代社会人，还须了解我们的原始祖先。所以马克思特别重视摩尔根的《古代社会》，把它细读过而且加过评注。恩格斯也根据古代社会的资料，写出《家庭、私有制和国家的起源》。在《自然辩证法》一书中，恩格斯还详细论述了劳动在从猿到人转变过程中的作用，谈到了人手的演变，这对研究美学是特别重要的。古代社会不仅是家庭、私有制和国家政权的摇篮，而且也是宗教、神话和艺术的发祥地。数典不能忘祖，这笔账不能不算。

从人类学和古代社会的研究来看，艺术和美是怎样起源的呢？并不是起于抽象概念，而是起于吃饭穿衣、男婚女嫁、猎获野兽、打群仗来劫掠食物和女俘以及劳动生产之类日常生活实践中极平凡卑微的事物。中国的儒家有一句老话：“食、色，性也。”“食”就是保持个体生命的经济基础，“色”就是绵延种族生命的男女配合。艺术和美也最先见于食色。汉文“美”字就起于羊羹的味道，中外文都把“趣味”来指“审美力”。原始民族很早就很讲究美，从事艺术活动。他们用发亮耀眼的颜料把身体涂得漆黑或绯红，唱歌作乐和跳舞来吸引情侣，或庆祝狩猎、战争的胜利。关于这些，谷鲁斯（K. Groos）在《艺术起源》里讲得很详细，较易得到的普列汉诺夫的《没有地址的信》也可以参看。

在近代，人是心理学的主要研究对象。一个活人时时刻刻要和外界事物（自然和社会）打交道，这就是生活。生活是人从实践到认识，又从认识到实践的不断反复流转的发展过程。为着生活的需要，人在不断地改造自然和社会，同时也在不断地改造自己。心理学把这种复杂过程简化为刺激到反应往而复返的循环弧。外界事物刺激人的各种感觉神经，把映象传到脑神经中枢，在脑里引起对对象的初步感性认识，激发了伏根很深的本能和情感（如快感和痛感以及较复杂的情绪和情操），发动了采取行动来应付当前局面的思考和意志，于是脑中枢把感觉神经拨转到运动神经，把这意志转达到相应的运动器官，如手足肩背之类，使它实现为行动。哲学和心理学一向把这整个运动分为知（认识）、情（情感）和意（意志）这三种活动，大体上是正确的。

心理学在近代已成为一种自然科学，在过去是附属于哲学的。过去哲学家主要是意识形态制造者，他们大半只看重认识而轻视实践，偏重感觉神经到脑中枢那一环而忽视脑中枢到运动神经那一环，也就是忽视情感、思考和意志到行动那一环。他们大半止于认识，不能把认识转化为行动。不过这种认识也可以起指导旁人行动的作用。马克思《关于费尔巴哈的提纲》第十一条说：“哲学家们只是用不同的方式**解释**

世界，而问题在于改变世界”[①]，就是针对这些人说的。

就连在认识方面，较早的哲学家们也大半过分重视“理性”认识而忽视感性认识，而他们所理解的“理性”是先验的甚至是超验的，并没有感性认识的基础。这种局面到十七、八世纪启蒙运动中英国的培根和霍布斯等经验派哲学家才把它转变过来，把理性认识移置到感性认识的基础上，把理性认识看作是感性认识的进一步发展。英国经验主义在欧洲大陆上发生了深远影响，它是机械唯物主义的先驱，费尔巴哈就是一个著例。他“不满意抽象的思维而诉诸感性的直观，但是他把感性不是看作实践的、人类感性的活动”[②]，对现实事物“只是从客体的或者直观的形式去理解，而不是把它们当作人的感性活动，当作实践去理解”，结果是人作为主体的感性活动、实践活动、能动的方面，却让唯心主义抽象地发展了。而且“他没有把人的活动本身理解为客体的活动”[③]。这份《提纲》是马克思主义哲学的核心，但在用词和行文方面有些艰晦，初学者不免茫然，把它的极端重要性忽视过去。这里所要解释的主要是认识和实践的关系，也就是主体（人）和客体（对象）的关系。费尔巴哈由于片面地强调感性的直观（对客体所观照到的形状），忽视了这感性活动来自人的能动活动方面（即实践）。毛病出在他不了解人（主体）和他的认识和

---

① 《马克思恩格斯选集》第一卷，第19页，人民出版社，1972年版。

② 马克思:《关于费尔巴哈的提纲》,《马克思恩格斯选集》第一卷，第17页，人民出版社，1972年版。

③ 马克思:《关于费尔巴哈的提纲》,《马克思恩格斯选集》第一卷，第16页。

实践的对象（客体）既是相对立而又相依为命的，客观世界（客体）靠人来改造和认识，而人在改造客观世界中既体现了自己，也改造了自己。因此物（客体）之中有人（主体），人之中也有物。马克思批评费尔巴哈“没有把人的活动本身理解为客体的活动”。参加过五十年代国内美学讨论的人们都会记得多数人坚持“美是客观的”，我自己是从“美是主观的”转变到“主客观统一”的。当时我是从对客观事实的粗浅理解达到这种转变的，还没有懂得马克思在《提纲》中关于主体和客体统一的充满唯物辩证法的阐述的深刻意义。这场争论到现在似还没有彻底解决，来访或来信的朋友们还经常问到这一点，所以不嫌词费，趁此作一番说明，同时也想证明哲学（特别是马克思主义哲学）和心理学的知识对于研究美学的极端重要性。

谈到观点的转变，我还应谈一谈近代美学的真正开山祖康德这位主观唯心论者对我的影响，并且进行一点力所能及的批判。大家都知道，我过去是意大利美学家克罗齐的忠实信徒，可能还不知道对康德的信仰坚定了我对克罗齐的信仰。康德自己承认英国经验派怀疑论者休谟把他从哲学酣梦中震醒过来，但他始终没有摆脱他的“超验”理性或“纯理性”。在《判断力批判》上部，康德对美进行了他的有名的分析。我在《西方美学史》第十二章里对他的分析结果作了如下的概括叙述：

> 审美判断不涉及欲念和利害计较，所以有别于

> 一般快感以及功利的和道德的活动，即不是一种实践活动；审美判断不涉及概念，所以有别于逻辑判断，即不是一种概念性认识活动；它不涉及明确的目的，所以与审美的判断有别，美并不等于（目的论中的）完善。
>
> 审美判断是对象的形式所引起的快感。这种形式之所以能引起快感，是因为它适应人的认识功能（即想象力和知解力），使这些功能可以自由活动并且和谐地合作。这种心理状态虽不是可以明确地认识到的，却是可以从情感的效果上感觉到的。审美的快感就是对于这种心理状态的肯定，它可以说是对于对象形式（客体）与主体的认识功能的内外契合……所感到的快慰。这是审美判断中的基本内容。

康德的这种美的分析有一个明显的致命伤。他把审美活动和整个人的其他许多功能都割裂开来，思考力、情感和追求目的的意志在审美活动中都从人这个整体中阉割掉了，留下来的只是想象力和知解力这两种认识功能的自由运用与和谐合作所产生的那一点快感。这两种认识功能如何自由运用与和谐合作，也还是一个不可知的秘密，因为他明确地说过“审美趣味方面没有客观规则”，艺术是“由自然通过天才来规定法则的”。他把美分为“纯粹的”和“依存的”两种，“美的分析”只针对“纯粹美”，到讨论“依存美”时，康德又把他原先所否定的因素偷梁换柱式地偷运回来，前后矛盾百出。

就对象（客体）方面来看也是如此，他先肯定审美活动只涉及对象的形式，也就是说，与对象的内容无关；可是后来讨论“理想美”时却又说“理想是把个别事物作为适合于表现某一观念的形象显现”，这种“观念”就是“一种不确定的理性概念”，“它只能在人的形体上见出，在人的形体上，理想是道德精神的表现”。

指出如此等类的矛盾，并不是要把康德一棍子打死。康德对美学问题是经过深思熟虑的，发现其中有不少难解决的矛盾。他自己虽没有解决这些矛盾，却没有掩盖它们，而是认为可以激发后人的思考，推动美学的进一步发展。不幸的是后来他的门徒大半只发展了他的美只涉及对象的形式和主体的不带功利性的快感，即只涉及“美的分析”那一方面，而忽视了他对于“美的理想”、“依存美”和对“崇高”的分析那另一方面。因此就产生了“为艺术而艺术”，“形式主义”，克罗齐的“艺术即直觉”、“美学只管美感经验”、美感经验是“孤立绝缘的”（闵斯特堡）、和实际事物保持“距离”的（缪勒·弗兰因斐尔斯）以及“超现实主义”、象征派的“纯诗”运动、帕尔纳斯派的“不动情感”、“取消人格”之类五花八门的流派和学说，其中有大量的歪风邪气，康德在这些方面都是始作俑者。

近一百年中对康德持异议的也大有人在。例如康德把情感和意志排斥到美的领域之外，继起的叔本华就片面强调意志，尼采就宣扬狂歌狂舞、动荡不停的“酒神精神”和“超人”，都替后来德国法西斯暴行建立了理论基础。这种事例反映了帝国主义垂危时期的社会动荡和个人自我扩张欲念的猖獗。这个时期变态心理学开始盛行，主要的代表也各有一套美学或文艺理论，都明显地受到尼采和叔本华的影响。首屈一指的是弗洛伊德。他认为原始人类婴儿对自己父母的性爱和妒忌所形成的“情意综”（男孩对母亲的性爱和对父亲的妒忌叫做“俄狄浦斯情意综”，女孩对父亲的性爱和对母亲的妒忌叫做“厄勒克特拉情意综”）到了现在还暗中作祟，采取化装，企图在文艺中得到发泄。于是文艺就成了“原始性欲本能的升华”。弗洛伊德的门徒之一阿德勒却以个人的自我扩张欲（叫做“自我本能”）代替了性欲。自我本能表现于“在人上的意志”，特别是生理方面有缺陷的人受这种潜力驱遣，努力向上，来弥补这种缺陷。例如贝多芬、莫扎特和舒曼都有耳病，却都成了音乐大师。

像上面所举的这类学说现在在西方美学界还很流行，其通病和康德一样，都在把人这个整体宰割开来成为若干片段，单挑其中一块来，就说人原来如此，或是说，这一点就是打开人这个秘密的锁钥，也是打开美学秘密的锁钥。这就如同传说中的盲人摸象，这个说象是这样，那个说象是那样，实际上都不知道真象究竟是个啥样。

谈到这里，不妨趁便提一下，十九世纪以来西方美学界在研究方法上有机械观与有机观的分野。机械观来源于牛顿的物理学。物理学的对象本来是可以拆散开来分零件研究，把零件合拢起来又可以还原的。有机观来源于生物学和有机化学。有机体除单纯的物质之外还有生命，这就必须从整体来看，分割开来，生命就消灭了。解剖死尸，就无法把活人还原出来。机械观是一种形而上学，有机观就接近于唯物辩证法。上文所举的康德以来的一些美学家主要是持机械观的。当时美学界有没有持有机观的呢？为数不多，德国大诗人歌德便是一个著例，他在《搜藏家和他的伙伴们》的第五封信中有一段话是我经常爱引的：

> 人是一个整体，一个多方面的内在联系着的各种能力的统一体。艺术作品必须向人这个整体说话，必须适应人这种丰富的统一体，这种单一的杂多。

这就是有机观。这是伟大诗人从长期文艺创作和文艺欣赏中所得到的经验教训，不是从抽象概念中出来的。着重人的整体这种有机观，后来在马克思的《经济学—哲学手稿》里得到进一步发展，为辩证唯物主义和历史唯物主义奠定了基础。关于这一点，我们在以后的信里还要详谈。

谈人生与我

从草木虫鱼的生活，我学得一个经验。我不在生活以外别求生活方法，不在生活以外别求生活目的。

朋友：

我写了许多信，还没有郑重其事地谈到人生问题，这是一则因为这个问题实在谈滥了，一则也因为我看这个问题并不如一般人看得那样重要。在这最后一封信里我所以提出这个滥题来讨论者，并不是要说出什么一番大道理，不过把我自己平时几种对于人生的态度随便拿来做一次谈料。

我有两种看待人生的方法。在第一种方法里，我把我自己摆在前台，和世界一切人和物在一块玩把戏；在第二种方法里，我把我自己摆在后台，袖手看旁人在那儿装腔作势。

站在前台时，我把我自己看得和旁人一样，不但和旁人一样，并且和鸟兽虫鱼诸物也都一样。人类比其他物类痛苦，就因为人类把自己看得比其他物类重要。人类中有一部分人比其余的人苦痛，就因为这一部分人把自己比其余的人看得重要。比方穿衣吃饭是多么简单的事，然而在这个世界里居然成为一个极重要的问题，就因为有一部分人要亏人自肥。再比方生死，这又是多么简单的事，无量数人和无量数物都已生过来死过去了。一只小虫让车轮压死了，或者一朵鲜花让狂风吹落了，在虫和花自己都决不值得计较或留恋，而在人类则生老病死以后偏要加上一个“苦”字。这无非是因为人们希望造物主宰待他们自己应该比草木虫鱼特别优厚。

因为如此着想，我把自己看作草木虫鱼的侪辈，草木虫鱼在和风甘露中是那样活着，在炎暑寒冬中也还是那样活着。像庄子所说的，它们“诱然皆生，而不知其所以生;同焉皆得，而不知其所以得”。它们时而戾天跃渊，欣欣向荣；时而含葩敛翅，晏然蛰处，都顺着自然所赋予的那一副本性。它们决不计较生活应该是如何，决不追究生活是为着什么，也决不埋怨上天待它们特薄，把它们供人类宰割凌虐。在它们说，生活自身就是方法，生活自身也就是目的。

从草木虫鱼的生活，我学得一个经验。我不在生活以外别求生活方法，不在生活以外别求生活目的。世间少我一个，多我一个，或者我时而幸运，时而受灾祸侵逼，我以为这都无伤天地之和。你如果问我，人们应该如何生活才好呢？我说，就顺着自然所给的本性生活着，像草木虫鱼一样。你如果问我，人们生活在这变幻无常的世相中究竟为着什么？我说，生活就是为着生活，别无其他目的。你如果向我埋怨天公说，人生是多么苦恼啊！我说，人们并非生在这个世界来享幸福的，所以那并不算奇怪。

这并不是一种颓废的人生观。你如果说我的话带有颓废的色彩，我请你在春天到百花齐放的园子里去，看看蝴蝶飞，听听鸟儿鸣，然后再回到十字街头，仔细瞧瞧人们的面孔，你看谁是活泼，谁是颓废？请你在冬天积雪凝寒的时候，看看雪压的松树，看看站在冰上的鸥和游在水中的鱼，然后再回头看看遇苦便叫的那“万物之灵”，你以为谁比较能耐苦持恒呢？

我拿人比禽兽，有人也许目为异端邪说。其实我如果要援引“经典”，称道孔孟以辩护我的见解，也并不是难事。孔子所谓“知命”，孟子所谓“尽性”，庄子所谓“齐物”，宋儒所谓“廓然大公，物来顺应”，和希腊廊下派哲学，我都可以引申成一篇经义文，做我的护身符。然而我觉得这大可不必。我虽不把自己比旁人看得重要，我也不把自己看得比旁人分外低能，如果我的理由是理由，就不用仗先圣先贤的声威。

以上是我站在前台对于人生的态度。但是我平时很欢喜站在后台看人生。许多人把人生看作只有善恶分别的，所以他们的态度不是留恋，就是厌恶。我站在后台时把人和物也一律看待，我看西施、嫫母、秦桧、岳飞也和我看八哥、鹦鹉、甘草、黄连一样，我看匠人盖屋也和我看乌鹊营巢、蚂蚁打洞一样，我看战争也和我看斗鸡一样，我看恋爱也和我看雄蜻蜓追雌蜻蜓一样。因此，是非善恶对我都无意义，我只觉得对着这些纷纭扰攘的人和物，好比看图画，好比看小说，件件都很有趣味。

这些有趣味的人和物之中自然也有一个分别。有些有趣味，是因为它们带有很浓厚的喜剧成分；有些有趣味，是因为它们带有很深刻的悲剧成分。

我有时看到人生的喜剧。前天遇见一个小外交官，他的上下巴都光光如也，和人说话时却常常用大拇指和食指在腮旁捻一捻，像有胡须似的。他们说道是官气，我看到这种举动比看诙谐画还更有趣味。许多年前一位同事常常很气愤地向人说："如果我是一个女子，我至少已接得一尺厚的求婚书了！"偏偏他不是女子，这已经是喜剧；何况他又麻又丑，纵然他幸而为女子，也决不会有求婚书的麻烦，而他却以此沾沾自喜，这总算得喜剧之喜剧了。这件事和英国文学家哥尔德斯密斯的一段逸事一样有趣。他有一次陪几个女子在荷兰某一个桥上散步，看见桥上行人个个都注意他同行的女子，而没有一个睬他自己，便板起面孔很气愤地说："哼，在别地方也有人这样看我咧！"如此等类的事，我天天都见得着。在闲静寂寞的时候，我把这一类的小小事件从记忆中召回来，寻思玩味，觉得比抽烟饮茶还更有味。老实说，假如这个世界中没有曹雪芹所描写的刘姥姥，没有吴敬梓所描写的严贡生，没有莫里哀所描写的达尔杜弗和阿尔巴贡，生命更不值得留恋了。我感谢刘姥姥、严贡生一流人物，更甚于我感谢钱塘的潮和匡庐的瀑。

其次，人生的悲剧尤其能使我惊心动魄；许多人因为人生多悲剧而悲观厌世，我却以为人生有价值正因其有悲剧。我在几年前做的《无言之美》里曾说明这个道理，现在引一段来：

> 我们所居的世界是最完美的，就因为它是最不完美的。这话表面看去，不通已极，但是实含有至理。假如世界是完美的，人类所过的生活——比好一点，是神仙的生活，比坏一点，就是猪的生活——便呆板单调已极，因为倘若件件事都尽美尽善了，自然没有希望发生，更没有努力奋斗的必要。人生最可乐的就是活动所生的感觉，就是奋斗成功而得的快慰。世界既完美，我们如何能尝创造成功的快慰？这个世界之所以美满，就在有缺陷，就在有希望的机会，有想象的田地。换句话说，世界有缺陷，可能性才大。

这个道理李石岑先生在《一般》三卷三号所发表的《缺陷论》里也说得很透辟。悲剧也就是人生一种缺陷。它好比洪涛巨浪，令人在平凡中见出庄严，在黑暗中见出光彩。假如荆轲真正刺中秦始皇，林黛玉真正嫁了贾宝玉，也不过闹个平凡收场，哪得叫千载以后的人唏嘘赞叹？以李太白那样天才，偏要和江淹戏弄笔墨，作了一篇《拟恨赋》，和《上韩荆州书》一样庸俗无味。毛声山评《琵琶记》，说他有意要做“补天石”传奇十种，把古今几件悲剧都改个快活收场，他没有实行，总算是一件幸事。人生本来要有悲剧才能算人生，你偏想把它一笔勾销，不说你勾销不去，就是勾销去了，人生反更索然寡趣。所以我无论站在前台或站在后台时，对于失败，对于罪孽，对于殃咎，都是用一副冷眼看待，都是用一个热心惊赞。

朋友，我感谢你费去宝贵的时光读我的这十二封信，如果你不厌倦，将来我也许常常和你通信闲谈，现在让我暂时告别罢！

写过十二封信给你的朋友　光潜

看戏与演戏
——两种人生理想

演戏人为着饱尝生命的跳动而失去流连玩味，看戏人为着玩味生命的形象而失去“身历其境”的热闹。

莎士比亚说过，世界只是一个戏台。这话如果不错，人生当然也只是一部戏剧。戏要有人演，也要有人看：没有人演，就没有戏看；没有人看，也就没有人肯演。演戏人在台上走台步，做姿势，拉嗓子，喜笑怒骂，悲欢离合，演得酣畅淋漓，尽态极妍；看戏人在台下呆目瞪视，得意忘形，拍案叫好。两方皆大欢喜，欢喜的是人生煞是热闹，至少是这片刻光阴不曾空过。

世间人有生来是演戏的，也有生来是看戏的。这演与看的分别主要地在如何安顿自我上面见出。演戏要置身局中，时时把“我”指出来，使我成为推动机器的枢纽，在这世界中产生变化，就在这产生变化上实现自我；看戏要置身局外，时时把“我”搁在旁边，始终维持一个观照者的地位，吸纳这世界中的一切变化，使它们在眼中成为可欣赏的图画，就在这变化图画的欣赏上面实现自我。因为有这个分别，演戏要热要动，看戏要冷要静。打起算盘来，双方各有盈亏：演戏人为着饱尝生命的跳动而失去流连玩味，看戏人为着玩味生命的形象而失去“身历其境”的热闹。能入与能出，“得其圜中”与“超以象外”，是势难兼顾的。

这分别像是极平凡而琐屑，其实却含着人生理想这个大问题的大道理在里面。古今中外许多大哲学家、大宗教家和大艺术家对于人生理想费过许多摸索、许多争辩，他们所得到的不过是三个不同的简单的结论：一个是人生理想在看戏，一个是它在演戏，一个是它同时在看戏和演戏。

先从哲学说起。

中国主要的固有的哲学思潮是儒道两家。就大体说，儒家能看戏而却偏重演戏，道家根本藐视演戏，会看戏而却也不明白地把看戏当作人生理想。看戏与演戏的分别就是《中庸》一再提起的知与行的分别。知是道问学，是格物穷理，是注视事物变化的真相；行是尊德行，是修身齐家治国平天下，是在事物中起变化而改善人生。前者是看，后者是演。儒家在表面上同时讲究这两套功夫，他们的祖师孔子是一个实行家，也是一个艺术家。放下他着重礼乐诗的艺术教育不说，就只看下面几段话：

子在川上曰，逝者如斯夫，不舍昼夜！

鸢飞戾天，鱼跃于渊，言其上下察也。

天何言哉，天何言哉！四时行焉，百物生焉！

今夫天，斯昭昭之多，及其无穷也，日月星辰系焉，万物覆焉；今夫地，一撮土之多，及其广厚，载华岳而不重，振河海而不泄，万物载焉。

对于自然奥妙的赞叹，我们就可以看出儒家很能作阿波罗式的观照，不过儒家究竟不以此为人生的最终目的，人生的最终目的在行，知不过是行的准备。他们说得很明白，“物格而后知至，知至而后意诚，意诚而后心正，心正而后身修”，以至于家齐国治天下平。“自明诚，谓之教”，由知而行，就是儒家所着重的“教”。孔子终身周游奔走，“三月无君，则皇皇如也”，我们可以想见他急于要扮演一个角色。

道家老庄并称。老子抱朴守一，法自然，尚无为，持清虚寂寞，观“众妙之门”，玩“无物之象”，五千言大半是一个老于世故者静观人生物理所得到的直觉妙谛。他对于宇宙始终持着一个看戏人的态度。庄子尤其是如此。他齐是非，一生死，逍遥于万物之表，大鹏与鲦鱼，姑射仙人与庖丁，物无大小，都触目成像，触心成理，他自己却“凄然似秋，暖然似春”，哀乐毫无动于衷。他得力于他所说的“心齐”。“心齐”的方法是“若一志，无听之以耳，而听之以心”，它的效验是“虚室生白，吉祥止止”。他在别处用了一个极好的譬喻说："至人之用心若镜，不将不逆，应而不藏。"从这些话看，我们可以看出老子所谓"抱朴守一"，庄子所谓"心齐"，都恰是西方哲学家与宗教家所谓"观照"（contemplation）与佛家所谓"定"或"止观"。不过老庄自己虽在这上面做功夫，却并不像以此立教，或是因为立教仍是有为，或是因为深奥的道理可亲证而不可言传。

在西方，古代及中世纪的哲学家大半以为人生最高目的在观照，就是我们所说的以看戏人的态度体验事物的真相与真理。头一个人明白地作这个主张的是柏拉图。在《会饮》那篇熔哲学与艺术于一炉的对话里，他假托一位女哲人传心灵修养递进的秘诀。那全是一种分期历程的审美教育，一种知解上的冒险长征。心灵开始玩索一朵花，一个美人，一种美德，一门学问，一种社会文物制度的殊相的美。逐渐发现万事万物的共相的美。到了最后阶段，"表里精粗无不到"，就"一旦豁然贯通"，长征者以一霎时的直觉突然看到普涵普盖，无始无终的绝对美——如佛家所谓"真如"或"一真法界"——他就安息在这绝对美的观照里，就没有入这绝对美里而与它合德同流，就借分享它的永恒的生命而达到不朽。这样，心灵就算达到它的长征的归宿，一滴水归原到大海，一个灵魂归原到上帝，柏拉图的这个思想支配了古代哲学，也支配了中世纪耶稣教的神学。

柏拉图的高足弟子亚里士多德在《伦理学》里想矫正师说，却终于达到同样的结论。人生的最高目的是至善，而至善就是幸福。幸福是"生活得好，做得好"。它不只是一种道德的状态，而是一种活动；如果只是一种状态，它可以不产生什么好结果，比如说一个人在睡眠中；惟其是活动，所以它必见于行为。“犹如在奥林匹克运动会中，夺锦标的不是最美最强悍的人，而是实在参加竞争的选手。”从这番话看，亚里士多德似主张人生目的在实际行动。但是在绕一个大弯子以后，到最后终于说，幸福是“理解的活动”，就是“取观照的形式的那种活动”，因为人之所以为人在他的理解方面，理解是人类最高的活动，也是最持久、最愉快、最无待外求的活动。上帝在假设上是最幸福的，上帝的幸福只能表现于知解，不能表现于行动。所以在观照的幸福中，人类几乎与神明比肩。说来说去，亚里士多德仍然回到柏拉图的看法：人生的最高目的在看而不在演。

在近代德国哲学中，这看与演的两种人生观也占了很显著的地位。整个的宇宙，自大地山河以至于草木鸟兽，在唯心派哲学家看，只是吾人知识的创造品。知识了解了一切，同时就已创造了一切，人的行动当然也包含在内。这就无异于说，世间一切演出的戏都是在看戏人的一看之中成就的，看的重要可不言而喻。叔本华在这一“看”之中找到悲惨人生的解脱。据他说，人生一切苦恼的源泉就在意志，行动的原动力。意志起于需要或缺乏，一个缺乏填起来了，另一个缺乏就又随之而来，所以意志永无厌足的时候。欲望的满足只“像是扔给乞丐的赈济，让他今天赖以过活，使他的苦可以延长到明天”。这意志虽是苦因，却与生俱来，不易消除，唯一的解脱在把它放射为意象，化成看的对象。意志既化成意象，人就可以由受苦的地位移到艺术观照的地位，于是罪孽苦恼变成庄严幽美。“生命和它的形象于是成为飘忽的幻象掠过他的眼前，犹如轻梦掠过朝睡中半醒的眼，真实世界已由它里面照耀出来，它就不再能蒙昧他。”换句话说，人生苦恼起于演，人生解脱在看。尼采把叔本华的这个意思发挥成一个更较具体的形式。他认为人类生来有两种不同的精神，一是日神阿波罗的，一是酒神狄俄倪索斯的。日神高踞奥林波斯峰顶，一切事物借他的光辉而得形象，他凭高静观，世界投影于他的眼帘如同投影于一面镜，他如实吸纳，却恬然不起忧喜。酒神则趁生命最繁盛的时节，酣饮高歌狂舞，在不断的生命跳动中忘去生命的本来注定的苦恼。从此可知日神是观照的象征，酒神是行动的象征。依尼采看，希腊人的最大成就在悲剧，而悲剧就是使酒神的苦痛挣扎投影于日神的慧眼，使灾祸罪孽成为惊心动魄的图画。从希腊悲剧，尼采悟出“从形象得解脱”（redemption through appearance）的道理。世界如果当作行动的场合，就全是罪孽苦恼；如果当作观照的对象，就成为一件庄严的艺术品。

如果我们比较叔本华、尼采的看法和柏拉图、亚里士多德的看法，就可看出古希腊人与近代德国人的结论相同，就是人生最高目的在观照；不过着重点微有移动，希腊人的是哲学家的观照，而近代德国人的是艺术家的观照。哲学家的观照以真为对象，艺术家的观照以美为对象。不过这也是粗略的区分。观照到了极境，真也就是美，美也就是真，如诗人济慈所说的，所以柏拉图的心灵精进在最后阶段所见到的“绝对美”就是他所谓“理式”（idea）或真实界（reality）。

宗教本重修行，理应把人生究竟摆在演而不摆在看，但是事实上世界几个大宗教没有一个不把观照看成修行的不二法门。最显著的当然是佛教。在佛教看，人生根本孽是贪嗔痴。痴又叫做“无明”。这“三孽”之中，无明是最根本的，因为无明，才执着法与我，把幻象看成真实，把根尘当作我有，于是有贪有嗔，陷于生死永劫。所以人生究竟解脱在破除无明以及它连带的法我执。破除无明的方法是六波罗蜜（意谓“度”“到彼岸”，就是“度到涅槃的岸”），其中初四——布施、持戒、忍辱、精进——在表面上似侧重行，其实不过是最后两个阶段——禅定、智慧——的预备，到了禅定的境界，“止观双运”，于是就起智慧，看清万事万物的真相，断除一切孽障执着，到涅槃（圆寂），证真如，功德就圆满了。佛家把这种智慧叫做“大圆镜智”，《佛地经论》作这样解释：

> 如圆镜极善摩莹，鉴净无垢，光明遍照；如是如来大圆镜智，于佛智上一切烦恼所知障垢，永出离故，极善摩莹；为依止定所摄持故，鉴净无垢；作诸众生利乐事故，光明遍照。

如圆镜上非一众多诸影像起，而圆镜上无诸影像，而此圆镜无动无作；如是如来圆镜智上非一众多诸智影起，圆镜智上无诸智影，而此智镜无动无作。

这譬喻很可以和尼采所说的阿波罗精神对照，也很可以见出大乘佛家的人生理想与柏拉图的学说不谋而合。人要把心磨成一片大圆镜，光明普照，而门身却无动无作。

佛教在中国，成就最大的一宗是天台，最流行的一宗是净土。天台宗的要义在止观，净土宗的要义在念佛往生，都是在观照上做修持的功夫。所谓“止观”就是静坐摄心入定，默观佛法与佛相，净土则偏重念佛名，观佛相，以为如此即可往生西方极乐世界（所谓“净土”）。依《文殊般若经》说：

> 若善男子善女子，应在空间处，舍诸乱意，随佛方所，端身正向，不取相貌，系心一佛，专称名字，念无休息，即是念中，能见过现未来三世诸佛。

这种凝神观照往往产生中世纪耶教徒所谓“灵见”（visions），对象或为佛相，或为庄严宝塔，或为极乐世界。佛家往往用文字把他们的“灵见”表现成想象丰富的艺术作品，像《无量寿经》、《阿弥陀经》之类作品大抵都是这样产生出来的。往生净土是他们的最后目的，其实这净土仍是心中幻影，所谓往生仍是在观照中成就，不一定在地理上有一种搬迁。

这一切在耶稣教中都可以找到它的类似。耶稣自己，像释迦一样，是经过一个长期静坐默想而后证道的。“天国就在你自己心里”，这句话也有唤醒人返求诸心的倾向。不过早期的神父要和极艰窘的环境奋斗，精力大半耗于奔走布道和避免残杀。到了三世纪后，耶稣教的神学逐渐与希腊哲学合流，形成所谓“新柏拉图派”的神秘主义，于是观照成为修行的要诀。依这派的学说，人的灵魂原与上帝一体，没有肉体感官的障碍，所以能观照永恒真理。投生以后，它就依附了肉体，就有欲也就有障。人在灵方面仍近于神，在肉方面则近于兽，肉是一切罪孽的根源，灵才是人的真性。所以修行在以灵制欲，在离开感官的生活而凝神于思想与观照，由是脱尽尘障，在一种极乐的魂游（ecstasy）中回到上帝的怀里，重新和他成为一体。中世纪神学家把“知”看成心灵的特殊功能，唯一的人神沟通的桥梁。“知”有三个等级：感觉（cognition）、思考（meditation）和观照（contemplation）。观照是最高的阶段，它不但不要假道于感觉，也无须用概念的思考，它是感觉和思考所不能跻攀的知的胜境，一种直觉，一种神佑的大彻大悟。只有借这观照，人才能得到所谓“神福的灵见”（beatific vision），见到上帝，回到上帝，永远安息在上帝里面。达到这种“神福的灵见”，一个耶稣徒就算达到人生的最高理想。

这种哲学或神学的基础，加上中世纪的社会扰乱，酿成寺院的虔修制度。现世既然恶浊，要避免它的熏染，僧侣于是隐到与人世隔绝的寺院里，苦行持戒，默想现世的罪孽，来世的希望和上帝的博大仁慈。他们的经验恰和佛教徒的一样，由于高度的自催眠作用，默想果然产生了许多“灵见”；地狱的厉鬼、净界的烈焰、天堂的神仙的福境，都活灵活现地现在他们的凝神默索的眼前。这些“灵见”写成书、绘成画、刻成雕像，就成中世纪的灿烂辉煌的文学与艺术。在意大利，成就尤其煊赫。但丁的《神曲》就是无数“灵见”之一，它可以看成耶稣教的《阿弥陀经》。

我们只举佛耶两教做代表就够了。道教本着长生久视的主旨，后来又沿袭了许多佛教的虔修秘诀；回教本由耶教演变成的，特别流连于极乐世界的感官的享乐。总之，在较显著的宗教中，或是因为特重心灵的知的活动，或是寄希望于比现世远较完美的另一世界，人生的最高理想都不摆在现世的行动而摆在另一世界的观照。宗教的基本精神在看而不在演。

最后，谈到文艺，它是人生世相的返照，离开观照，就不能有它的生存。文艺说来很简单，它是情趣与意象的融会，作者寓情于景，读者因景生情。比如说，“昔我往矣，杨柳依依，今我来思，雨雪霏霏”一章诗写出一串意象、一幅景致、一幕戏剧动态。有形可见者只此，但是作者本心要说的却不止此，他主要是要表现一种时序变迁的感慨。这感慨在这章诗里虽未明白说出而却胜于明白说出；它没有现身而却无可否认地是在那里。这事细想起来，真是一个奇迹。情感是内在的、属我的、主观的、热烈的，变动不居，可体验而不可直接描绘的；意象是外在的、属物的、客观的、冷静的，成形即常住，可直接描绘而却不必使任何人都可借以有所体验的。如果借用尼采的譬喻来说，情感是狄俄倪索斯的活动，意象是阿波罗的观照；所以不仅在悲剧里（如尼采所说的），在一切文艺作品里，我们都可以见出狄俄倪索斯的活动投影于阿波罗的观照，见出两极端冲突的调和，相反者的同一。但是在这种调和与同一中，占有优势与决定性的倒不是狄俄倪索斯而是阿波罗，是狄俄倪索斯沉没到阿波罗里面，而不是阿波罗沉没到狄俄倪索斯里面。所以我们尽管有丰富的人生经验，有深刻的情感，若是止于此，我们还是站在艺术的门外，要升堂入室，这些经验与情感必须经过阿波罗的光辉照耀，必须成为观照的对象。由于这个道理，观照（这其实就是想象，也就是直觉）是文艺的灵魂；也由于这个道理，诗人和艺术家们也往往以观照为人生的归宿。我们试想一想：

目送飞鸿，手挥五弦。
俯仰自得，游心太玄。

——嵇康

仰视碧天际，俯瞰渌水滨。
寥阒无涯观，寓目理自陈。
大矣造化工，万殊莫不均。
群籁虽参差，适我无非新。

——王羲之

采菊东篱下，悠然见南山。
山气日夕佳，飞鸟相与还。
此中有真意，欲辨已忘言。

——陶渊明

侧身天地长怀古，独立苍茫自咏诗。

——杜甫

从诸诗所表现的胸襟气度与理想，就可以明白诗人与艺术家如何在静观默玩中得到人生的最高乐趣。

就西方文艺来说，有三部名著可以代表西方人生观的演变：在古代是柏拉图的《会饮》，在中世纪是但丁的《神曲》，在近代是歌德的《浮士德》。《会饮》如上文已经说过的，是心灵的审美教育方案；这教育的历程是由感觉经理智到慧解，由殊相到共相，由现象到本体，由时空限制到超时空限制；它的终结是在沉静的观照中得到豁然大悟，以及个体心灵与弥漫宇宙的整一的纯粹的大心灵合德同流。由古希腊到中世纪，这个人生理想没有经过重大的变迁，只是加上耶教神学的渲染。《神曲》在表面上只是一部游记，但丁叙述自己游历地狱、净界与天堂的所见所闻；但是骨子里它是一部寓言，叙述心灵由罪孽经忏悔到解脱的经过，但丁自己就象征心灵，"三界"只是心灵的三种状态，地狱是罪孽状态，净界是忏悔洗刷状态，天堂是得解脱蒙神福状态。心灵逐步前进，就是逐步超升，到了最高天，它看见玫瑰宝座中坐的诸圣诸仙，看见圣母，最后看见了上帝自己。在这"神福的灵见"里，但丁（或者说心灵）得到最后的归宿，他"超脱"了，归到上帝怀里了，《神曲》于是终止。这种理想大体上仍是柏拉图的，所不同者柏拉图的上帝是"理式"，绝对真实界本体，无形无体的超时超空的普运周流的大灵魂；而但丁则与中世纪神学家们一样，多少把上帝当作一个人去想：他糅合神性与人性于一体，有如耶稣。

从但丁糅合柏拉图哲学与耶教神学，把人生的归宿定为

“神福的灵见”以后，过了五百年到近代，人生究竟问题又成为思辨的中心，而大诗人歌德代表近代人给了一个彻底不同的答案。就人生理想来说，《浮士德》代表西方思潮的一个极大的转变。但丁所要解脱的是象征情欲的三猛兽和象征愚昧的黑树林。到浮士德，情境就变了，他所要解脱的不是愚昧而是使他觉得腻味的丰富的知识。理智的观照引起他的心灵的烦躁不安。“物极思返”，浮士德于是由一位闭户埋头的书生变成一位与厉鬼定卖魂约的冒险者，由沉静的观照跳到热烈而近于荒唐的行动。在《神曲》里，象征信仰与天恩的贝雅特里齐，在《浮士德》里于是变成天真而却蒙昧无知的玛嘉丽特。在《神曲》里是“神福的灵见”，在《浮士德》里于是变成“狂飙突进”。阿波罗退隐了，狄俄倪索斯于是横行无忌。经过许多放纵不羁的冒险行动以后，浮士德的顽强的意志也终于得到净化，而净化的原动力却不是观照而是一种有道德意义的行动。他的最后的成就也就是他的最高的理想的实现，从大海争来一片陆地，把它垦成沃壤，使它效用于人类社会。这理想可以叫做“自然的征服”。

这浮士德的精神真正是近代的精神，它表现于一些睥睨一世的雄才怪杰，表现于一些掀天动地的历史事变。各时代都有它的哲学辩护它的活动，在近代，尼采的超人主义唤起许多癫狂者的野心，扬谛理（Gentile）的“为行动而行动”的哲学替法西斯的横行奠定了理论的基础。

这真是一个大旋转。从前人恭维一个人，说“他是一个肯用心的人”（a thoughtful man），现在却说“他是一个活动分子”(an active man)。这旋转是向好还是向坏呢？爱下道德判断的人们不免起这个疑问。答案似难一致。自幸生在这个大时代的“活动分子”会赞叹现代生命力的旺盛，而“肯用心的人”或不免忧虑信任盲目冲动的危险。这种见解的分歧在骨子里与文艺方面古典与浪漫的争执是一致的。古典派要求意象的完美，浪漫派要求情感的丰富，还是冷静与热烈动荡的分别。文艺批评家们说，这分别是粗浅而村俗的，第一流文艺作品必定同时是古典的与浪漫的，必定是丰富的情感表现于完美的意象。把这见解应用到人生方面，显然的结论是：理想的人生是由知而行，由看而演，由观照而行动。这其实是一个老结论。苏格拉底的“知识即德行”，孔子的“自明诚”，王阳明的“知行合一”，意义原来都是如此。但是这还是侧重行动的看法。止于知犹未足，要本所知去行，才算功德圆满。这正犹如尼采在表面上说明了日神与酒神两种精神的融合，实际上仍是以酒神精神沉没于日神精神，以行动投影于观照。所以说来说去，人生理想还只有两个，不是看，就是演；知行合一说仍以演为归宿，日神酒神融合说仍以看为归宿。

近代意大利哲学家克罗齐另有一个看法，他把人类心灵活动分为知解（艺术的直觉与科学的思考）与实行（经济的活动与道德的活动）两大阶段，以为实行必据知解，而知解却可独立自足。一个人可以终止于艺术家，实现美的价值；可以终止于思想家，实现真的价值；可以终止于经济政治家，实现用的价值；也可以终止于道德家，实现善的价值。这四种人的活动在心灵进展次第上虽是一层高似一层，却各有千秋，各能实现人生价值的某一面。这就是说，看与演都可以成为人生的归宿。

这看法容许各人依自己的性之所近而抉择自己的人生理想，我以为是一个极合理的看法。人生理想往往决定于各个人的性格。最聪明的办法是让生来善看戏的人们去看戏，生来善演戏的人们来演戏。上帝造人，原来就不只是用一个模型。近代心理学家对于人类原型的分别已经得到许多有意义的发现，很可以作解决本问题的参考。最显著的是荣格(Jung)的“内倾”与“外倾”的分别。内倾者(introvert) 倾心力向内，重视自我的价值，好孤寂，喜默想，无意在外物界发动变化；外倾者（ extrovert) 倾心力向外，重视外界事物的价值，好社交，喜活动，常要在外物界起变化而无暇反观默省。简括地说，内倾者生来爱看戏，外倾者生来爱演戏。

人生来既有这种类型的分别，人生理想既大半受性格决定，生来爱看戏的以看为人生归宿，生来爱演戏的以演为人生归宿，就是理所当然的事了。双方各有乐趣，各是人生的实现，我们各不妨阿其所好，正不必强分高下，或是勉强一切人都走一条路。人性不只是一样，理想不只是一个，才见得这世界的恢阔和人生的丰富。犬儒派哲学家第欧根尼（ Diogenes ）静坐在一个木桶里默想，勋名盖世的亚力山大帝慕名去访他，他在桶里坐着不动。客人介绍自己说：“我是亚力山大帝。”他回答说：“我是犬儒第欧根尼。”客人问：“我有什么可以帮你的忙么？”他回答：“只请你站开些，不要挡着太阳光。”这样就匆匆了结一个有名的会晤。亚历山大大帝觉得这犬儒甚可羡慕，向人说过一句心里话：“如果我不是亚历山大，我很愿做第欧根尼。”无如他是亚历山大，这是一件前生注定丝毫不能改动的事，他不能做第欧根尼。这是他的悲剧，也是一切人所同有的悲剧。但是这亚历山大究竟是一个了不起的人物，是亚历山大而能见到做第欧根尼的好处。比起他来，第欧根尼要低一层。“不要挡着太阳光！”那句话含着几多自满与骄傲，也含着几多偏见与狭量啊！

要较量看戏与演戏的长短，我们如果专请教于书本，就很难得公平。我们要记得：柏拉图、庄子、释迦、耶稣、但丁……这一长串人都是看戏人，所以留下一些话来都是袒护看戏的人生观。此外还有更多的人，像秦始皇、大流士、亚历山大、忽必烈、拿破仑……以及无数开山凿河、垦地航海的无名英雄毕生都在忙演戏，他们的人生哲学表现在他们的生活中，所以不曾留下话来辩护演戏的人生观。他们是忠实于自己的性格，如果留下话来，他们也就势必变成看戏人了。据说罗兰夫人上了断头台，才想望有一支笔可以写出她的临终的感想。我们固然希望能读到这位女革命家的自供，可是其实这是多余的。整部历史，这一部轰轰烈烈的戏，不就是演戏人们的最雄辩的供状么？

英国散文家斯蒂文森（R. L. Stevenson）在一篇叫做《步行》的小品文里有一段话说得很美，可惜我的译笔不能传出那话的风味，它的大意是：

> 我们这样匆匆忙忙地做事，写东西，挣财产，想在永恒时间的嘲笑的静默中有一刹那使我们的声音让人可以听见，我们竟忘掉一件大事，在这件大事之中这些事只是细目，那就是生活。我们钟情，痛饮，在地面来去匆匆，像一群受惊的羊。可是你得问问你自己：在一切完了之后，你原来如果坐在家里炉旁快快活活地想着，是否比较更好些。静坐着默想——记起女子们的面孔而不起欲念，想到人们的丰功伟业，快意而不羡慕，对一切事物和一切地方有同情的了解，而却安心留在你所在的地方和身份——这不是同时懂得智慧和德行，不是和幸福住在一起吗？说到究竟，能拿出会游行来开心的并不是那些扛旗子游行的人们，而是那些坐在房子里眺望的人们。

这也是一番袒护看戏的话。我们很能了解斯蒂文森的聪明的打算，而且心悦诚服地随他站在一条线上——我们这批袖手旁观的人们。但是我们看了那出会游行而开心之后，也要深心感激那些扛旗子的人们。假如他们也都坐在房子里眺望，世间还有什么戏可看呢？并且，他们不也在开心么？你难道能否认？

1947 年 7 月

文学与人生

文艺的道是含蕴在人生世相中的，好比盐溶于水，饮者知咸，却不辨何者为盐，何者为水。

文学是以语言文字为媒介的艺术。就其为艺术而言，它与音乐图画雕刻及一切号称艺术的制作有共同性：作者对于人生世相都必有一种独到的新鲜的观感，而这种观感都必有一种独到的新鲜的表现；这观感与表现即内容与形式，必须打成一片，融合无间，成为一种有生命的和谐的整体，能使观者由玩索而生欣喜。达到这种境界，作品才算是“美”。美是文学与其他艺术所必具的特质。就其以语言文字为媒介而言，文学所用的工具就是我们日常运思说话所用的工具，无待外求，不像形色之于图画雕刻，乐声之于音乐。每个人不都能运用形色或音调，可是每个人只要能说话就能运用语言，只要能识字就能运用文字。语言文字是每个人表现情感思想的一套随身法宝，它与情感思想有最直接的关系。因为这个缘故，文学是一般人接近艺术的一条最直截简便的路；也因为这个缘故，文学是一种与人生最密切相关的艺术。

我们把语言文字联在一起说，是就文化现阶段的实况而言，其实在演化程序上，先有口说的语言而后有手写的文字，写的文字与说的语言在时间上的距离可以有数千年乃至数万年之久，到现在世间还有许多民族只有语言而无文字。远在文字未产生以前，人类就有语言，有了语言就有文学。文学是最原始的也是最普遍的一种艺术。在原始民族中，人人都欢喜唱歌，都欢喜讲故事，都欢喜戏拟人物的动作和姿态。这就是诗歌、小说和戏剧的起源。于今仍在世间流传的许多古代名著，像中国的《诗经》，希腊的荷马史诗，欧洲中世纪的民歌和英雄传说，原先都由口头传诵，后来才被人用文字写下来。在口头传诵的时期，文学大半是全民众的集体创作。一首歌或是一篇故事先由一部分人倡始，一部分人随和，后来一传十，十传百，辗转相传，每个传播的人都贡献一点心裁把原文加以润色或增损。我们可以说，文学作品在原始社会中没有固定的著作权，它是流动的，生生不息的，集腋成裘的。它的传播期就是它的生长期，它的欣赏者也就是它的创作者。这种文学作品最能表现一个全社会的人生观感，所以从前关心政教的人要在民俗歌谣中窥探民风国运，采风观乐在春秋时还是一个重要的政典。我们还可以进一步说，原始社会的文学就几乎等于它的文化；它的历史、政治、宗教、哲学等等都反映在它的诗歌、神话和传说里面。希腊的神话史诗，中世纪的民歌传说以及近代中国边疆民族的歌谣、神话和民间故事都可以为证。

口传的文学变成文字写定的文学，从一方面看，这是一个大进步，因为作品可以不纯由记忆保存，也不纯由口诵流传，它的影响可以扩充到更久更远。但从另一方面看，这种变迁也是文学的一个厄运，因为识字另需一番教育，文学既由文字保存和流传，文字便成为一种障碍，不识字的人便无从创造或欣赏文学，文学便变成一个特殊阶级的专利品。文人成了一个特殊阶级，而这阶级化又随社会演进而日趋尖锐，文学就逐渐和全民众疏远。这种变迁的坏影响很多，第一，文学既与全民众疏远，就不能表现全民众的精神和意识，也就不能从全民众的生活中吸收力量与滋养，它就不免由窄狭化而传统化、形式化、僵硬化。其次，它既成为一个特殊阶级的兴趣，它的影响也就限于那个特殊阶级，不能普及于一般人，与一般人的生活不发生密切关系，于是一般人就把它认为无足轻重。文学在文化现阶段中几乎已成为一种奢侈，而不是生活的必需。在最初，凡是能运用语言的人都爱好文学；后来文字产生，只有识字的人才能爱好文学；现在连识字的人也大半不能爱好文学，甚至有一部分人鄙视或仇视文学，说它的影响不健康或根本无用。在这种情形之下，一个人要想郑重其事地来谈文学，难免有几分心虚胆怯，他至少须说出一点理由来辩护他的不合时宜的举动。这篇开场白就是替以后陆续发表的十几篇谈文学的文章作一个辩护。

先谈文学有用无用问题。一般人嫌文学无用，近代有一批主张“为文艺而文艺”的人却以为文学的妙处正在它无用。

它和其他艺术一样，是人类超脱自然需要的束缚而发出的自由活动。比如说，茶壶有用，因能盛茶，是壶就可以盛茶，不管它是泥的瓦的扁的圆的，自然需要止于此。但是人不以此为满足，制壶不但要能盛茶，还要能娱目赏心，于是在质料、式样、颜色上费尽机巧以求美观。就浅狭的功利主义看，这种功夫是多余的，无用的；但是超出功利观点来看，它是人自作主宰的活动。人不惮烦要作这种无用的自由活动，才显得人是自家的主宰，有他的尊严，不只是受自然驱遣的奴隶，也才显得他有一片高尚的向上心。要胜过自然，要弥补自然的缺陷，使不完美的成为完美。文学也是如此。它起于实用，要把自己所知所感的说给旁人知道；但是它超过实用，要找好话说，要把话说得好，使旁人在话的内容和形式上同时得到愉快。文学所以高贵，值得我们费力探讨，也就在此。

这种为“文艺而文艺”的看法确有一番正当道理，我们不应该以浅狭的功利主义去估定文学的身价。但是我以为我们纵然退一步想，文学也不能说是完全无用。人之所以为人，不只因为他有情感思想，尤在他能以语言文字表现情感思想。试假想人类根本没有语言文字，像牛羊犬马一样，人类能否有那样光华灿烂的文化？文化可以说大半是语言文字的产品。有了语言文字，许多崇高的思想，许多微妙的情境，许多可歌可泣的事迹才能流传广播，由一个心灵出发，去感动无数心灵，去启发无数心灵的创造。这感动和启发的力量大小与久暂，就看语言文字运用得好坏。在数千载之下，《左传》、《史记》所写的人物事迹还活现在我们眼前，若没有左丘明，司马迁的那种生动的文笔，这事如何能做到？这数千载之下，柏拉图的《对话集》所表现的思想对于我们还是那么亲切有趣，若没有柏拉图的那种深入浅出的文笔，这事又如何能做到？从前也许有许多值得流传的思想与行迹，因为没有遇到文人的点染，就淹没无闻了。我们自己不时常感觉到心里有话要说而说不出的苦楚吗？孔子说得好："言之无文，行之不远"，单是"行远"这一个功用就深广不可思议。

柏拉图、卢梭、托尔斯泰和程伊川都曾怀疑到文学的影响，以为它是不道德的或是不健康的。世间有一部分文学作品确有这种毛病，本无可讳言，但是因噎不能废食，我们只能归咎于作品不完美，不能断定文学本身必有罪过。从纯文艺观点看，在创作与欣赏的聚精会神的状态中，心无旁涉，道德的问题自无从闯入意识阈。纵然离开美感态度来估定文学在实际人生中的价值，文艺的影响也决不会是不道德的，而且一个人如果有纯正的文艺修养，他在文艺方面所受的道德影响可以比任何其他体验与教训的影响更为深广。"道德的"与"健全的"原无二义。健全的人生理想是人性的多方面的谐和的发展，没有残废也没有臃肿。譬如草木，在风调雨顺的环境之下，它的一般生机总是欣欣向荣，长得枝条茂畅，花叶扶疏。情感思想便是人的生机，生来就需要宣泄生长，发芽开花。有情感思想而不能表现，生机便遭窒塞残损，好比一株发育不完全而呈病态的花草。文艺是情感思想的表现，也就是生机的发展，所以要完全实现人生，离开文艺决不成。世间有许多对文艺不感兴趣的人干枯浊俗，生趣索然，其实都是一些精神方面的残废人，或是本来生机就不畅旺，或是有畅旺的生机因为窒塞而受摧残。如果一种道德观要养成精神上的残废人，它本身就是不道德的。

表现在人生中不是奢侈而是需要，有表现才能有生展，文艺表现情感思想，同时也就滋养情感思想使它生展。人都知道文艺是“怡情养性”的。仔细玩索“怡养”两字的意味！性情在怡养的状态中，它必定是健旺的、生发的、快乐的。这“怡养”两字却不容易做到，在这纷纭扰攘的世界中，我们大部分时间与精力都费在解决实际生活问题，奔波劳碌，很机械地随着疾行车流转，一日之中能有几许时刻回想到自己有性情？还论怡养！凡是文艺都是根据现实世界而铸成另一超现实的意象世界，所以它一方面是现实人生的返照，一方面也是现实人生的超脱。在让性情怡养在文艺的甘泉中时，我们霎时间脱去尘劳，得到精神的解放，心灵如鱼得水地徜徉自乐；或是用另一个比喻来说，在干燥闷热的沙漠里走得很疲劳之后，在清泉里洗一个澡，绿树荫下歇一会儿凉。世间许多人在劳苦里打翻转，在罪孽里打翻转，俗不可耐，苦不可耐，原因只在洗澡歇凉的机会太少。

从前中国文人有“文以载道”的说法，后来有人嫌这看法的道学气太重，把“诗言志”一句老话抬出来，以为文学的功用只在言志；释“志”为“心之所之”，因此言志包含表现一切心灵活动在内。文学理论家于是分文学为“载道”“言志”两派，仿佛以为这两派是两极端，绝不相容——“载道”

是“为道德教训而文艺”，“言志”是“为文艺而文艺”。其实这问题的关键全在“道”字如何解释。如果释“道”为狭义的道德教训，载道就显然小看了文学。文学没有义务要变成劝世文或是修身科的高头讲章。如果释“道”为人生世相的道理，文学就决不能离开“道”，“道”就是文学的真实性。志为心之所之，也就要合乎“道”，情感思想的真实本身就是“道”，所以“言志”即“载道”，根本不是两回事，哲学科学所谈的是“道”，文艺所谈的仍然是“道”，所不同者哲学科学的道是抽象的，是从人生世相中抽绎出来的，好比从盐水中所提出来的盐；文艺的道是具体的，是含蕴在人生世相中的，好比盐溶于水，饮者知咸，却不辨何者为盐，何者为水。用另一个比喻来说，哲学科学的道是客观的、冷的、有精气而无血肉的；文艺的道是主观的、热的，通过作者的情感与人格的渗沥，精气与血肉凝成完整生命的。换句话说，文艺的“道”与作者的“志”融为一体。

我常感觉到，与其说“文以载道”，不如说“因文证道”。《楞严经》记载佛有一次问他的门徒从何种方便之门，发菩提心，证圆通道。几十个菩萨罗汉轮次起答，有人说从声音，有人说从颜色，有人说从香味，人家总共说出二十五个法门（六根、六尘、六识、七大，每一项都可成为证道之门）。读到这段文章，我心里起了一个幻想，假如我当时在座，轮到我起立作答时，我一定说我的方便之门是文艺。我不敢说我证了道，可是从文艺的玩索，我窥见了道的一斑。文艺到了最高的境界，从理智方面说，对于人生世相必有深广的观照与彻底的了解，如阿波罗凭高远眺，华严世界尽成明镜里的光影，大有佛家所谓万法皆空，空而不空的景象；从情感方面说，对于人世悲欢好丑必有平等的真挚的同情，冲突化除后的谐和，不沾小我利害的超脱，高等的幽默与高度的严肃，成为相反者之同一。柏格森说世界时时刻刻在创化中，这好比一个无始无终的河流，孔子所看到的“逝者如斯夫，不舍昼夜”，希腊哲人所看到的“濯足清流，抽足再入，已非前水”，所以时时刻刻有它的无穷的兴趣。抓住某一时刻的新鲜景象与兴趣而给以永恒的表现，这是文艺。一个对于文艺有修养的人决不感觉到世界的干枯与人生的苦闷。他自己有表现的能力固然很好，纵然不能，他也有一双慧眼看世界，整个世界的动态便成为他的诗，他的图画，他的戏剧，让他的性情在其中“怡养”。到这种境界，人生便经过了艺术化，而身历其境的人，在我想，可以算得一个有“道”之士。从事于文艺的人不一定都能达到这个境界，但是它究竟不失为一个崇高的理想，值得追求，而且在努力修养之后，可以追求得到。

资禀与修养

诗人是天生的，不是造作的。天生的是资禀，造作的是修养；资禀是潜能，是种子；修养使潜能实现，使种子发芽成树，开花结实。

拉丁文中有一句名言：“诗人是天生的，不是造作的。”这句话本有不可磨灭的真理，但是往往被不努力者援为口实。迟钝人说，文学必须靠天才，我既没有天才，就生来与文学无缘，纵然努力，也是无补费精神。聪明人说，我有天才，这就够了，努力不但是多余的，而且显得天才还有缺陷，天才之所以为天才，正在它不费力而有过人的成就。这两种心理都很普遍，误人也很不浅。文学的门本是大开的。迟钝者误认为它关得很严密不敢去问津；聪明者误认为自己生来就在门里，用不着摸索。他们都同样地懒怠下来，也同样地被关在门外。

从前有许多迷信和神秘色彩附丽在“天才”这个名词上

面，一般人以为天才是神灵的凭借，与人力全无关系。近代学者有人说它是一种精神病，也有人说它是“长久的耐苦”。这个名词似颇不易用科学解释。我以为与其说“天才”，不如说“资禀”。资禀是与生俱来的良知良能，只有程度上的等差，没有绝对的分别，有人多得一点，有人少得一点。所谓“天才”不过是在资禀方面得天独厚，并没有什么神奇。莎士比亚和你我相去虽不可以道里计，他所有的资禀你和我并非完全没有，只是他有的多，我们有的少。若不然，他和我们在智能上就没有共同点，我们也就无从了解他、欣赏他了。除白痴以外，人人都多少可以了解欣赏文学，也就多少具有文学所必需的资禀。不单是了解欣赏，创作也还是一理。文学是用语言文字表现思想情感的艺术，一个人只要有思想情感，只要能运用语言文字，也就具有创作文学所必须的资禀。

就资禀说，人人本都可以致力文学；不过资禀有高有低，每个人成为文学家的可能性和在文学上的成就也就有大有小。我们不能对于每件事都能登峰造极，有几分欣赏和创作文学的能力，总比完全没有好。要每个人都成为第一流文学家，这不但是不可能，而且也大可不必；要每个人都能欣赏文学，都能运用语言文字表现思想情感，这不但是很好的理想，而且是可以实现和应该实现的理想。一个人所应该考虑的，不是我究竟应否在文学上下一番功夫（这不成为问题，一个人不能欣赏文学，不能发表思想情感，无疑地算不得一个受教育的人），而是我究竟还是专门做文学家，还是只要一个受教育的人所应有的欣赏文学和表现思想情感的能力？

这第二个问题确值得考虑。如果只要有一个受教育的人所应有的欣赏文学和表现思想情感的能力，每个人只须经过相当的努力，都可以达到，不能拿没有天才做借口；如果要专门做文学家，他就要自问对文学是否有特优的资禀。近代心理学家研究资禀，常把普遍智力和特殊智力分开。普遍智力是施诸一切对象而都灵验的，像一把同时可以打开许多种锁的钥匙；特殊智力是施诸某一种特殊对象而才灵验的，像一把只能打开一种锁的钥匙。比如说，一个人的普遍智力高，无论读书、处事或作战、经商，都比低能人要强；可是读书、处事、作战、经商务需要一种特殊智力。尽管一个人件件都行，如果他的特殊智力在经商，他在经商方面的成就必比做其他事业都强。对于某一项有特殊智力，我们通常说那一项为“性之所近”。一个人如果要专门做文学家就非性近于文学不可。如果性不相近而勉强去做文学家，成功的固然并非绝对没有，究竟是用违其才；不成功的却居多数，那就是精力的浪费了。世间有许多人走错门路，性不近于文学而强作文学家，耽误了他们在别方面可以有为的才力，实在很可惜。“诗人是天生的，不是造作的”这句话，对于这种人确是一个很好的当头棒。

但是这句话终有语病。天生的资禀只是潜能，要潜能成为事实，不能不借人力造作。好比花果的种子，天生就有一种资禀可以发芽成树，开花结实；但是种子有很多不发芽成树，开花结实的，因为缺乏人工的培养。种子能发芽成树，开花结实，有一大半要靠人力，尽管它天资如何优良。人的资禀能否实现于学问事功的成就，也是如此。一个人纵然生来就有文学的特优资禀，如果他不下功夫修养，他必定是苗而不秀，华而不实。天才愈卓越，修养愈深厚，成就也就愈伟大。比如说李白、杜甫对于诗不能说是无天才，可是读过他们诗集的人都知道这两位大诗人所下的功夫。李白在人生哲学方面有道家的底子，在文学方面从《诗经》、《楚辞》直到齐梁体诗，他没有不费苦心模拟过。杜诗无一字无来历为世所共知。他自述经验说，“读书破万卷，下笔如有神”。西方大诗人像但丁、莎士比亚、歌德诸人，也没有一个不是修养出来的。莎士比亚是一般人公评为天才多于学问的，但是谁能测量他的学问的深浅？医生说，只有医生才能写出他的某一幕；律师说，只有学过法律的人才能了解他的某一剧的术语。你说他没有下功夫研究过医学、法学等等？我们都惊讶他的成熟作品的伟大，却忘记他的大半生精力都费在改编前人的剧本，在其中讨诀窍。这只是随便举几个例。完全是“天生”的而不经“造作”的诗人，在历史上却无先例。

孔子有一段论学问的话最为人所称道：“或生而知之，或学而知之，或困而知之，及其知之一也。”这话确有至理，但亦看“知”的对象为何。如果所知的是文学，我相信“生而知之”者没有，“困而知之”者也没有，大部分文学家是有“生知”的资禀，再加上“困学”的功夫，“生知”的资禀多一点，“困学”的功夫也许可以少一点。牛顿说：“天才是长久的耐苦。”这话也须用逻辑眼光去看，长久的耐苦不一定造成天才，天才却有赖于长久的耐苦。一切的成就都如此，文学只是一例。

天生的是资禀，造作的是修养；资禀是潜能，是种子；修养使潜能实现，使种子发芽成树，开花结实。资禀不是我们自己力量所能控制的，修养却全靠自家的努力。在文学方面，修养包含极广，举其大要，约有三端：

第一是人品的修养。人品与文品的关系是美学家争辩最烈的问题，我们在这里只能说一个梗概。从一方面说，人品与文品似无必然的关系。魏文帝早已说过："古今文人类不护细行。"刘彦和在《文心雕龙·程器》篇里一口气就数了一二十个没有品行的文人，齐梁以后有许多更显著的例子，像冯延巳、严嵩、阮大铖之流还不在内。在克罗齐派美学家看，这也并不足为奇。艺术的活动出于直觉，道德的活动出于意志；一为超实用的，一为实用的，二者实不相谋。因此，一个人在道德上的成就不能裨益也不能妨害他在艺术上的成就，批评家也不应从他的生平事迹推论他的艺术的人格。

但是从另一方面说，言为心声，文如其人。思想情感为文艺的渊源，性情品格又为思想情感的型范，思想情感真纯则文艺华实相称，性情品格深厚则思想情感亦自真纯。"仁者之言蔼如"，"诐辞知其所蔽"。屈原的忠贞耿介，陶渊明的冲虚高远，李白的徜徉自恣，杜甫的每饭不忘君国，都表现在他们的作品里面。他们之所以伟大，就因为他们的一篇一什都不仅为某一时会即景生情偶然兴到的成就，而是整个人格的表现。不了解他们的人格，就决不能彻底了解他们的文艺。从这个观点看，培养文品在基础上下功夫就必须培养人品。

这是中国先儒的一致主张，“文以载道”说也就是从这个看法出来的。

人是有机体，直觉与意志，艺术的活动与道德的活动恐怕都不能像克罗齐分得那样清楚。古今尽管有人品很卑鄙而文艺却很优越的，究竟是占少数，我们可以用心理学上的“双重人格”去解释。在甲重人格（日常的）中一个人尽管不矜细行，在乙重人格（文艺的）中他却谨严真诚。这种双重人格究竟是一种变态，如论常例，文品表现人品是千真万确的事实。所以一个人如果想在文艺上有真正伟大的成就，他必须有道德的修养。我们并非鼓励他去做狭隘的古板的道学家，我们也并不主张一切文学家在品格上都走一条路。文品需要努力创造，各有独到，人品亦如此，一个文学家必须有真挚的性情和高远的胸襟，但是每个人的性情中可以特有一种天地，每个人的胸襟中可以特有一副丘壑，不必强同而且也决不能强同。

其次是一般学识经验的修养。文艺不单是作者人格的表现，也是一般人生世相的返照。培养人格是一套功夫，对于一般人生世相积蓄丰富而正确的学识经验又另是一套功夫。这可以分两层说。一是读书。从前中国文人以能熔经铸史为贵，韩愈在《进学解》里发挥这个意思，最为详尽。读书的功用在储知蓄理，扩充眼界，改变气质。读的范围愈广，知识愈丰富，审辨愈精当，胸襟也愈恢阔。在近代，一个文人不但要博习本国古典，还要涉猎近代各科学问，否则见解难免偏蔽。这事固然很难。我们第一要精选，不浪费精力于无用之书；第二要持恒，日积月累，涓涓终可成江河；第三要有哲学的高瞻远瞩，科学的客观剖析，否则食而不化，学问反足以梏没性灵。其次是实地观察体验。这对于文艺创作或比读书还更重要。从前中国文人喜游名山大川，一则增长阅历，一则吸纳自然界瑰奇壮丽之气与幽深玄渺之趣。其实这种“气”与“趣”不只在自然中可以见出，在一般人生世相中也可得到。许多著名的悲喜剧与近代小说所表现的精神气魄正不让于名山大川。观察体验的最大的功用还不仅在此，尤其在洞达人情物理。文学超现实而却不能离现实，它所创造的世界尽管有时是理想的，却不能不有现实世界的真实性。近代写实主义者主张文学须有“凭证”，就因为这个道理。你想写某一种社会或某一种人物，你必须对于那种社会那种人物的外在生活与内心生活都有彻底的了解，这非多观察多体验不可。要观察得正确，体验得深刻，你最好投身他们中间，和他们过同样的生活。你过的生活愈丰富，对于人性的了解愈深广，你的作品自然愈有真实性，不致如雾里看花。

第三是文学本身的修养。“工欲善其事，必先利其器”。文学的器具是语言文字。我们第一须认识语言文字，其次须有运用语言文字的技巧。这事看似很容易，因为一般人日常都在运用语言文字；但是实在极难，因为文学要用平常的语言文字产生不平常的效果，文学家对于语言文字的了解必须比一般人都较精确，然后可以运用自如。他必须懂得字的形声义，字的组织以及音义与组织对于读者所生的影响。这要包含语文学、逻辑学、文法、美学和心理学各科知识。从前人做文言文很重视小学（即语文学），就已看出工具的重要。我们现在做语体文比较做文言文更难。一则语言文字有它的历史渊源，我们不能因为做语体文而不研究文言文所用的语文，同时又要特别研究流行的语文；一则文言文所需要的语文知识有许多专书可供给，流行的语文的研究还在草创，大半还靠作者自己努力去摸索。在现代中国，一个人想做出第一流文学作品，别的条件不用说，单说语文研究一项，他必须有深厚的修养。他必须达到有话都可说出而且说得好的程度。

运用语言文字的技巧一半根据对于语言文字的认识，一半也要靠虚心模仿前人的范作。文艺必止于创造，却必始于模仿，模仿就是学习。最简捷的办法是精选模范文百篇左右（能多固好；不能多，百篇就很够），细心研究每篇的命意布局分段造句和用字，务求透懂，不放过一字一句，然后把它熟读成诵，玩味其中声音节奏与神理气韵，使它不但沉到心灵里去，还须沉到筋肉里去。这一步做到了，再拿这些模范来模仿（从前人所谓“拟”），模仿可以由有意的渐变为无意的，习惯就成了自然。入手不妨尝试各种不同的风格，再在最合宜于自己的风格上多下功夫，然后融合各家风格的长处，成就一种自己独创的风格。从前做古文的人大半经过这种训练，依我想，做语体文也不能有一个更好的学习方法。

以上谈文学修养，仅就其大者略举几端，并非说这就尽了文学修养的能事。我们只要想一想这几点所需要的功夫，就知道文学并非易事，不是全靠天才所能成功的。

朝抵抗力最大的路径走

人之所以为人，就在能不为最大的抵抗力所屈服。凡是引诱所以能成为引诱，都因为它是抵抗力最低的路径，最能迎合人的惰性。

我提出这个题目来谈，是根据一点亲身的经验。有一个时候，我学过作诗填词。往往一时兴到，我信笔直书，心里想到什么，就写什么，写成了自己读读看，觉得很高兴，自以为还写得不坏，后来我把这些处女作拿给一位精于诗词的朋友看，请他批评，他仔细看了一遍后，很坦白地告诉我说："你的诗词未尝不能做，只是你现在所做的还要不得。"我就问他："毛病在哪里呢？"他说："你的诗词都来得太容易，你没有下过力，你欢喜取巧，显小聪明。"听了这话，我捏了一把冷汗，起初还有些不服，后来对于前人作品多费过一点心思，才恍然大悟那位朋友批评我的话真是一语破的。我的毛病确是没有下过力。我过于相信自然流露，没有知道第一次浮上心头的意思往往不是最好的意思，第一次浮上心头的词句也往往不是最好的词句。意境要经过洗炼，表现意境的词句也要经过推敲，才能脱去渣滓，达到精妙境界。洗练推敲要吃苦费力，要朝抵抗力最大的路径走。福楼拜自述写作的辛苦说：“写作要超人的意志，而我却只是一个人！”我也有同样感觉，我缺乏超人的意志，不能拼死力往里钻，只朝抵抗力最低的路径走。

这一点切身的经验使我受到很深的感触。它是一种失败，然而从这种失败中我得到一个很好的教训。我觉得不但在文艺方面，就在立身处世的任何方面，贪懒取巧都不会有大成就，要有大成就，必定朝抵抗力最大的路径走。

“抵抗力”是物理学上的一个术语。凡物在静止时都本其固有“惰性”而继续静止，要使它动，必须在它身上加“动力”，动力愈大，动愈速愈远。动的路径上不能无抵抗力，凡物的动都朝抵抗力最低的方向。如果抵抗力大于动力，动就会停止，抵抗力纵是低，聚集起来也可以使动力逐渐减少以至于消灭，所以物不能永动，静止后要它续动，必须加以新动力。这是物理学上一个很简单的原理，也可以应用到人生上面。人像一般物质一样，也有惰性，要想他动，也必须有动力。人的动力就是他自己的意志力。意志力愈强，动愈易成功；意志力愈弱，动愈易失败。不过人和一般物质有一个重要的分别：一般物质的动都是被动，使它动的动力是外来的；人的动有时可以是主动，使他动的意志力是自生自发自给自足的。在物的方面，动不能自动地随抵抗力之增加而增加；在人的方面，意志力可以自动地随抵抗力之增加而增加，所以物质永远是朝抵抗力最低的路径走，而人可以朝抵抗力最大的路径走。物的动必终为抵抗力所阻止，而人的动可以不为抵抗力所阻止。

照这样看，人之所以为人，就在能不为最大的抵抗力所屈服。我们如果要测量一个人有多少人性，最好的标准就是他对于抵抗力所拿出的抵抗力，换句话说，就是他对于环境困难所表现的意志力。我在上文说过，人可以朝抵抗力最大的路径走，人的动可以不为抵抗力所阻。我说“可以”不说“必定”，因为世间大多数人仍是惰性大于意志力，欢喜朝抵抗力最低的路径走，抵抗力稍大，他就要缴械投降。这种人在事实上失去最高生命的特征，堕落到无生命的物质的水平线上，和死尸一样东推东倒，西推西倒。他们在道德、学问、事功各方面都决不会有成就，万一以庸庸得厚福，也是叨天之幸。

人生来是精神所附丽的物质，免不掉物质所常有的惰性。抵抗力最低的路径常是一种引诱，我们还可以说，凡是引诱所以能成为引诱，都因为它是抵抗力最低的路径，最能迎合人的惰性。惰性是我们的仇敌，要克服惰性，我们必须动员坚强的意志力，不怕朝抵抗力最大的路径走。走通了，抵抗力就算被征服，要做的事也就算成功。举一个极简单的例子。在冬天早晨，你睡在热被窝里很舒适，心里虽知道这应该是起床的时候而你总舍不得起来。你不起来，是顺着惰性，朝抵抗力最低的路径走。被窝的暖和舒适，外面的空气寒冷，多躺一会儿的种种藉口，对于起床的动作都是很大的抵抗力，使你觉得起床是一件天大的难事。但是你如果下一个决心，说非起来不可，一耸身你也就起来了。这一起来事情虽小，却表示你对于最大抵抗力的征服，你的企图的成功。

这是一个琐屑的事例，其实世间一切事情都可作如此看法。历史上许多伟大人物所以能有伟大成就者，大半都靠有极坚强的意志力，肯向抵抗力最大的路径走。例如孔子，他是当时一个大学者，门徒很多，如果他贪图个人的舒适，大可以坐在曲阜过他安静的学者的生活。但是他毕生东奔西走，席不暇暖，在陈绝过粮，在匡遇过生命的危险，他那副奔波劳碌栖栖遑遑的样子颇受当时隐者的嗤笑。他为什么要这样呢？就因为他有改革世界的抱负，非达到理想，他不肯甘休。《论语》长沮桀溺章最足见出他的心事。长沮、桀溺二人隐在乡下耕田，孔子叫子路去向他们问路，他们听说是孔子，就告诉子路说："滔滔者天下皆是也，而谁以易之？"意思是说，于今世道到处都是一般糟，谁去理会它、改革它呢？孔子听到这话叹气说："鸟兽不可与同群，吾非斯人之徒与而谁与？天下有道，丘不与易也。"意思是说，我们既是人就应做人所应该做的事；如果世道不糟，我自然就用不着费气力去改革它。孔子平生所说的话，我觉得这几句最沉痛、最伟大。长沮、桀溺看天下无道，就退隐躬耕，是朝抵抗力最低的路径走，孔子看天下无道，就牺牲一切要拼命去改革它，是朝抵抗力最大的路径走。他说得很干脆，"天下有道，丘不与易也”。

再如耶稣，从《新约》中四部《福音》看，他的一生都是朝抵抗力最大的路径走。他抛弃父母兄弟，反抗当时旧犹太宗教，攻击当时的社会组织，要在慈爱上建筑一个理想的天国，受尽种种困难艰苦，到最后牺牲了性命，都不肯放弃了他的理想。在他的生命史中有一段是一发千钧的危机。他下决心要宣传天国福音后，跑到沙漠里苦修了四十昼夜。据他的门徒的记载，这四十昼夜中他不断地受恶魔引诱。恶魔引诱他去争尘世的威权，去背叛上帝，崇拜恶魔自己。耶稣经过四十昼夜的挣扎，终于拒绝恶魔的引诱，坚定了对于天国的信念。从我们非教徒的观点看，这段恶魔引诱的故事是一个寓言，表示耶稣自己内心的冲突。横在他面前的有两条路：一是上帝的路，一是恶魔的路。走上帝的路要牺牲自己，走恶魔的路他可以握住政权，享受尘世的安富尊荣。经过了四十昼夜的挣扎，他决定了走抵抗力最大的路——上帝的路。

我特别在耶稣生命中提出恶魔引诱的一段故事，因为它很可以说明宋明理学家所说的天理与人欲的冲突。我们一般人尽善尽恶的不多见，性格中往往是天理与人欲杂糅，有上帝也有恶魔，我们的生命史常是一部理与欲、上帝与恶魔的斗争史。我们常在歧途徘徊，理性告诉我们向东，欲念却引诱我们向西。在这种时候，上帝的势力与恶魔的势力好像摆在天平的两端，见不出谁轻谁重。这是“一发千钧”的时候，“一失足即成千古恨”，一挣扎立即可成圣贤豪杰。如果要上帝的那一端天平沉重一点，我们必须在上面加一点重量，这重量就是拒绝引诱、克服抵抗力的意志力。有些人在这紧要关头拿不出一点意志力，听惰性摆布，轻轻易易地堕落下去，或是所拿的意志力不够坚决，经过一番冲突之后，仍然向恶魔缴械投降。例如洪承畴本是明末一个名臣，原来也很想效忠明朝，恢复河山。清兵入关后，大家都预料他以死殉国，清廷百计劝诱他投降，他原也很想不投降，但是到最后终于抵不住生命的执着与禄位的诱惑，做了明朝的汉奸。再举一个眼前的例子，汪精卫前半生对于民族革命很努力，当这次抗战开始时，他广播演说也很慷慨激昂。谁料到他利禄熏心，一经敌人引诱，就起了卖国叛党的坏心事。依陶希圣的记载，他在上海时似仍感到良心上的痛苦，如果他拿出一点意志力，即早回头，或以一死谢国人，也还不失为知过能改的好汉。但是他拿不出一点意志力，就认错做错，甘心认贼作父。世间许多人失节败行，都像汪精卫、洪承畴之流，在紧要关头，不肯争一口气，就马马虎虎地朝抵抗力最低的路径走。

这是比较显著的例，其实我们涉身处世，随时随地目前都横着两条路径，一是抵抗力最低的，一是抵抗力最大的。比如当学生，不死心踏地去做学问，只敷衍功课，混分数文凭，毕业后不拿出本领去替社会服务，只奔走巴结，夤缘幸进，以不才而在高位，做事时又不把事当事做，只一味因循苟且，敷衍公事，甚至于贪污淫佚，遇钱即抓，不管它来路正当不正当——这都是放弃抵抗力最大的路径而走抵抗力最低的路径。这种心理如充类至尽，就可以逐渐使一个人堕落。

我常穷究目前中国社会腐败的根源，以为一切都由于懒。懒，所以苟且因循敷衍，做事不认真；懒，所以贪小便宜，以不正当的方法解决个人的生计；懒，所以随俗浮沉，一味圆滑，不敢为正义公道奋斗；懒，所以遇引诱即堕落，个人生活无纪律，社会生活无秩序。知识阶级懒，所以文化学术无进展；官吏懒，所以政治不上轨道；一般人都懒，所以整个社会都“吊儿郎当”，暮气沉沉。懒是百恶之源，也就是朝抵抗力最低的路径走。如果要改造中国社会，第一件心理的破坏工作是除懒，第一件心理的建设工作是提倡奋斗精神。

生命就是一种奋斗，不能奋斗，就失去生命的意义与价值；能奋斗，则世间很少不能征服的困难。古话说得好，“有志者事竟成”。希腊最大的演说家是德摩斯梯尼，他生来口吃，一句话也说不清楚，但他抱定决心要成为一个大演说家，他天天一个人走到海边，向着大海练习演说，到后来居然达到了他的志愿。这个实例阿德勒派心理学家常喜援引。依他们说，人自觉有缺陷，就起“卑劣意识”，自耻不如人，于是心中就起一种“男性的抗议”，自己说我也是人，我不该不如人，我必用我的意志力来弥补天然的缺陷。阿德勒派学者用这原则解释许多伟大人物的非常成就，例如聋子成为大音乐家，瞎子成为大诗人之类。我觉得一个人的紧要关头在起“卑劣意识”的时候。起“卑劣意识”是知耻，孔子说得好，“知耻近乎勇”。但知耻虽近乎勇而却不就是勇。能勇必定有阿德勒派所说的“男性的抗议”。“男性的抗议”就是认清了一条路径上抵抗力最大而仍然勇往直前，百折不挠。许多人虽天天在“卑劣意识”中过活，却永不能发“男性的抗议”，只知怨天尤人，甚至于自己不长进，希望旁人也跟着他不长进，看旁人长进，只怀满肚子醋意。这种人是由知耻回到无耻，注定的要堕落到十八层地狱，永不超生。

能朝抵抗力最大的路径走，是人的特点。人在能尽量发挥这特点时，就足见出他有富裕的生活力。一个人在少年时常是朝气勃勃，有志气，肯干，觉得世间无不可为之事，天大的困难也不放在眼里。到了年事渐长，受过了一些磨折，他就逐渐变成暮气沉沉，意懒心灰，遇事都苟且因循，得过且过，不肯出一点力去奋斗。一个人到了这时候，生活力就已经枯竭，虽是活着，也等于行尸走肉，不能有所作为了。所以一个人如果想奋发有为，最好是趁少年血气方刚的时候，少年时如果能努力，养成一种勇往直前百折不挠的精神，老而益壮，也还是可能的。

一个人的生活力之强弱，以能否朝抵抗力最大的路径为准，一个国家或是一个民族也是如此。这个原则有整个的世界史证明。姑举几个显著的例，西方古代最强悍的民族莫如罗马人，我们现在说到能吃苦肯干，重纪律，好冒险，仍说是“罗马精神”。因其有这种精神，所以罗马人东征西讨，终于统一了欧洲，建立一个庞大的殖民帝国。后来他们从殖民地获得丰富的资源，一般罗马公民都可以坐在家里不动而享受富裕的生活，于是变成骄奢淫佚，无恶不为，一到新兴的“野蛮”民族从欧洲东北角向南侵略，罗马人就毫无抵抗而分崩瓦解。再如满清，他们在入关以前过的是骑猎生活，民性最强悍，很富于吃苦冒险的精神，所以到明末张李之乱社会腐败紊乱时，他们以区区数十万人之力就能入主中夏。可是他们做了皇帝之后，一切皇亲国戚都坐着不动吃皇粮，享大位，过舒服生活，不到三百年，一个新兴民族就变成腐败不堪，辛亥革命起，我们就轻轻易易地把他们推翻了。我们如果要明白一个民族能够堕落到什么地步，最好去看看北平的旗人。

我们中华民族在历史上经过许多波折，从周秦到现在，没有哪一个时代我们不遇到很严重的内忧，也没有哪一个时代我们没有和邻近的民族挣扎，我们爬起来蹶倒，蹶倒了又爬起，如此者已不知若干次。从这简单的史实看，我们民族的生活力确是很强旺，它经过不断的奋斗才维持住它的生存权。这一点祖传的力量是值得我们尊重的。

万物皆自得

宇宙间许多至理妙谛，寄寓于极平常微细的事物中，冷静的人才能静观，才能发现“万物皆自得”。

谈动

愁生于郁，解愁的方法在泄；郁由于静止，求泄的方法在动。

朋友：

从屡次来信看，你的心境近来似乎很不宁静。烦恼究竟是一种暮气，是一种病态，你还是一个十八九岁的青年，就这样颓唐沮丧，我实在替你担忧。

一般人欢喜谈玄，你说烦恼，他便从“哲学辞典”里拖出“厌世主义”、“悲观哲学”等等堂哉皇哉的字样来叙你的病由。我不知道你感觉如何？我自己从前仿佛也尝过烦恼的况味，我只觉得忧来无方，不但人莫之知，连我自己也莫名其妙，哪里有所谓哲学与人生观！我也些微领过哲学家的教训：在心气和平时，我景仰希腊廊下派哲学者，相信人生当皈依自然，不当存有嗔喜贪恋；我景仰托尔斯泰，相信人生之美在宥与爱；我景仰布朗宁，相信世间有丑才能有美，不完全乃真完全；然而外感偶来，心波立涌，拿天大的哲学，也抵挡不住。这固然是由于缺乏修养，但是青年们有几个修养到“不动心”的地步呢？从前长辈们往往拿“应该不应该”的大道理向我说法。他们说，像我这样一个青年应该活泼泼的，不应该暮气沉沉的，应该努力做学问，不应该把自己的忧乐放在心头。谢谢罢，请留着这副“应该”的方剂，将来患烦恼的人还多呢！

朋友，我们都不过是自然的奴隶，要征服自然，只得服从自然。违反自然，烦恼才乘虚而入，要排解烦闷，也须得使你的自然冲动有机会发泄。人生来好动，好发展，好创造。能动，能发展，能创造，便是顺从自然，便能享受快乐；不动，不发展，不创造，便是摧残生机，便不免感觉烦恼。这种事实在流行语中就可以见出，我们感觉快乐时说“舒畅”，不感觉快乐时说“抑郁”。这两个字样可以用作形容词，也可以用作动词。用作形容词时，它们描写快或不快的状态；用作动词时，我们可以说它们说明快或不快的原因。你感觉烦恼，因为你的生机被抑郁；你要想快乐，须得使你的生机能舒畅，能宣泄。流行语中又有“闲愁”的字样，闲人大半易于发愁，就因为闲时生机静止而不舒畅。青年人比老年人易于发愁些，因为青年人的生机比较强旺。小孩子们的生机也很强旺，然而不知道愁苦，因为他们时时刻刻的游戏，所以他们的生机不至于被抑郁。小孩子们偶尔不很乐意，便放声大哭，哭过了气就消去。成人们感觉烦恼时也还要拘礼节，哪能由你放声大哭呢？吃黄连苦在心头，所以愈觉其苦。歌德少时因失恋而想自杀，幸而他的文机动了，埋头两礼拜著成一部《少年维特之烦恼》，书成了，他的气也泄了，自杀的念头也打消了。你发愁时并不一定要著书，你就读几篇哀歌，听一幕悲剧，借酒浇愁，也可以大畅胸怀。从前我很疑惑何以剧情愈悲而读之愈觉其快意，近来才悟得这个泄与郁的道理。

总之，愁生于郁，解愁的方法在泄；郁由于静止，求泄的方法在动。从前儒家讲心性的话，从近代心理学眼光看，都很粗疏，只有孟子的“尽性”一个主张，含义非常深广。一切道德学说都不免肤浅，如果不从“尽性”的基点出发。如果把“尽性”两字懂得透彻，我以为生活目的在此，生活方法也就在此。人性固然是复杂的，可是人是动物，基本性不外乎动。从动的中间我们可以寻出无限快慰。这个道理我可以拿两种小事来印证：从前我住在家里，自己的书房总欢喜自己打扫。每看到书籍零乱，灰尘满地，你亲自去洒扫一过，霎时间混浊的世界变成明窗净几，此时悠然就坐，游目骋怀，乃觉有不可言喻的快慰；再比方你自己是欢喜打网球的，当你起劲打球时，你还记得天地间有所谓烦恼么？

你大约记得晋人陶侃的故事。他老来罢官闲居，找不得事做，便去搬砖。晨间把一百块砖由斋里搬到斋外，暮间把一百块砖由斋外搬到斋里。人问其故，他说：“吾方致力中原，过尔优逸，恐不堪事。”他又尝对人说：“大禹圣人，乃惜寸阴，至于众人，当惜分阴。”其实惜阴何必定要搬砖，不过他老先生还很茁壮，借这个玩艺儿多活动活动，免得抑郁无聊罢了。

朋友，闲愁最苦！愁来愁去，人生还是那么样一个人生，世界也还是那么样一个世界。假如把自己看得伟大，你对于烦恼，当有“不屑”的看待；假如把自己看得渺小，你对于烦恼当有“不值得”的看待；我劝你多打网球，多弹钢琴，多栽花，多搬砖弄瓦。假如你不欢喜这些玩艺儿，你就谈谈笑笑，跑跑跳跳，也是好的。就在此祝你

谈谈笑笑，

跑跑跳跳！

你的朋友　光潜

谈静

世界上最快活的人不仅是最活动的人，也是最能领略的人。所谓领略，就是能在生活中寻出趣味。

朋友：

前信谈动，只说出一面真理。人生乐趣一半得之于活动，也还有一半得之于感受。所谓“感受”是被动的，是容许自然界事物感动我的感官和心灵。这两个字涵义极广。眼见颜色，耳闻声音，是感受；见颜色而知其美，闻声音而知其和，也是感受。同一美颜，同一和声，而各个人所见到的美与和的程度又随天资境遇而不同。比方路边有一棵苍松，你看见它只觉得可以砍来造船；我见到它可以让人纳凉；旁人也许说它很宜于入画，或者说它是高风亮节的象征。再比方街上有一个乞丐，我只能见到他的蓬头垢面，觉得他很讨厌；你见他便发慈悲心，给他一个铜子；旁人见到他也许立刻发下宏愿，要打翻社会制度。这几个人反应不同，都由于感受力有强有弱。

世间天才之所以为天才，固然由于具有伟大的创造力，而他的感受力也分外比一般人强烈。比方诗人和美术家，你见不到的东西他能见到，你闻不到的东西他能闻到。麻木不仁的人就不然，你就请伯牙向他弹琴，他也只联想到棉匠弹棉花。感受也可以说是“领略”，不过领略只是感受的一方面。世界上最快活的人不仅是最活动的人，也是最能领略的人。所谓领略，就是能在生活中寻出趣味。好比喝茶，渴汉只管满口吞咽，会喝茶的人却一口一口地细啜，能领略其中风味。

能处处领略到趣味的人决不至于岑寂，也决不至于烦闷。朱子有一首诗说：“半亩方塘一鉴开，天光云影共徘徊。问渠那得清如许？为有源头活水来。”这是一种绝美的境界。你姑且闭目一思索，把这幅图画印在脑里，然后假想这半亩方塘便是你自己的心，你看这首诗比拟人生苦乐多么惬当！一般人的生活干燥，只是因为他们的“半亩方塘”中没有天光云影，没有源头活水来，这源头活水便是领略得的趣味。

领略趣味的能力固然一半由于天资，一半也由于修养。大约静中比较容易见出趣味。物理上有一条定律说：两物不能同时并存于同一空间。这个定律在心理方面也可以说得通。一般人不能感受趣味，大半因为心地太忙，不空所以不灵。我所谓“静”，便是指心界的空灵，不是指物界的沉寂，物界永远不沉寂的。你的心境愈空灵，你愈不觉得物界沉寂，或者我还可以进一步说，你的心界愈空灵，你也愈不觉得物界喧嘈。所以习静并不必定要逃空谷，也不必定学佛家静坐参禅。静与闲也不同。许多闲人不必都能领略静中趣味，而能领略静中趣味的人，也不必定要闲。在百忙中，在尘市喧嚷中，你偶然间丢开一切，悠然遐想，你心中便蓦然似有一道灵光闪烁，无穷妙悟便源源而来。这就是忙中静趣。

我这番话都是替两句人人知道的诗下注脚。这两句诗就是：“万物静观皆自得，四时佳兴与人同。”大约诗人的领略力比一般人都要大。近来看周作人的《雨天的书》引日本人小林一茶的一首俳句：

不要打哪，苍蝇搓他的手，搓他的脚呢。

觉得这种情境真是幽美。你懂得这一句诗就懂得我所谓静趣。中国诗人到这种境界的也很多。现在姑且就一时所想到的写几句给你看：

鱼戏莲叶东，鱼戏莲叶西，鱼戏莲叶南，鱼戏莲叶北。

——古诗，作者姓名佚。

山涤余霭，宇暧微霄。有风自南，翼彼新苗。

——陶渊明《时运》

采菊东篱下，悠然见南山。山气日夕佳，飞鸟相与还。

——陶渊明《饮酒》

目送归鸿，手挥五弦。俯仰自得，游心太玄。

——嵇叔夜《送秀才从军》

倚杖柴门外，临风听暮蝉。渡头余落日，墟里上孤烟。

——王摩诘《赠裴迪》

像这一类描写静趣的诗，唐人五言绝句中最多。你只要仔细玩味，你便可以见到这个宇宙又有一种景象，为你平时所未见到的。梁任公的《饮冰室文集》里有一篇谈“烟士披里纯”，詹姆斯的《与教员学生谈话》（James：*Talks To Teachers and Students*）里面有三篇谈人生观，关于静趣都说得很透辟。可惜此时这两部书都不在手边，不能录几段出来给你看。你最好自己到图书馆里去查阅。詹姆士的《与教员学生谈话》那三篇文章（最后三篇）尤其值得一读，记得我从前读这三篇文章，很受他感动。

静的修养不仅是可以使你领略趣味，对于求学处事都有极大帮助。释迦牟尼在菩提树荫静坐而证道的故事，你是知道的。古今许多伟大人物常能在仓皇扰乱中雍容应付事变，丝毫不觉张皇，就因为能镇静。现代生活忙碌，而青年人又多浮躁。你站在这潮流里，自然也难免跟着旁人乱嚷。不过忙里偶然偷闲，闹中偶然习静，于身于心，都有极大裨益。你多在静中领略些趣味，不特你自己受用，就是你的朋友们看着你也快慰些。我生平不怕呆人，也不怕聪明过度的人，只是对着没有趣味的人，要勉强同他说应酬话，真是觉得苦也。你对着有趣味的人，你并不必多谈话，只是默然相对，心领神会，便可觉得朋友中间的无上至乐。你有时大概也发生同样感想罢？

眠食诸希珍重！

你的朋友　光潜

谈立志

如果立志要做一件事，那件事的成功尽管在很远的将来，而那件事的发动必须就在目前一顷刻。

抗战以前与抗战以来的青年心理有一个很显然的分别：抗战以前，普通青年的心理变态是烦闷，抗战以来，普通青年的心理变态是消沉，烦闷大半起于理想与事实的冲突。在抗战以前，青年对于自己前途有一个理想，要有一个很好的环境求学，再有一个很好的职业做事：对于国家民族也有一个理想，要把侵略的外力打倒，建设一个新的社会秩序。这两种理想在当时都似很不容易实现，于是他们急躁不耐烦，失望，以至于苦闷。抗战发生时，我们民族毅然决然地拼全副力量来抵挡侵略的敌人，青年们都兴奋了一阵，积压许久的郁闷为之一畅。但是这种兴奋到现在似已逐渐冷静下去，国家民族的前途比从前光明，个人求学就业也比从前容易，虽然大家都硬着脖子在吃苦，可是振作的精神似乎很缺乏。在学校的学生们对功课很敷衍，出了学校就职业的人们对事业也很敷衍，对于国家大事和世界政局没有像从前那样关切。这是一个很可忧虑的现象，因为横在我们面前的还有比抗敌更艰难的局面，需要更坚决更沉着的努力来应付，而我们青年现在所表现的精神显然不足以应付这种艰难的局面。

如果换个方式来说，从前的青年人病在志气太大，目前的青年人病在志气太小，甚至于无志气。志气太大，理想过高，事实迎不上头来，结果自然是失望烦闷，志气太小，因循苟且，麻木消沉，结果就必至于堕落。所以我们宁愿青年烦闷，不愿青年消沉。烦闷至少是对于现实的欠缺还有敏感，还可以激起努力，消沉对于现实的欠缺就根本麻木不仁，决不会引起改善的企图。但是说到究竟，烦闷之于消沉也不过是此胜于彼，烦闷的结果往往是消沉，犹如消沉的结果往往是堕落。目前青年的消沉与前五六年青年的烦闷似不无关系。烦闷是耗费心力的，心力耗费完了，连烦闷也不曾有，那便是消沉。

一个人不会生来就烦闷或消沉的，因为人都有生气，而生气需要发扬，需要活动。有生气而不能发扬，或是活动遇到阻碍，才会烦闷和消沉。烦闷是感觉到困难，消沉是无力征服困难而自甘失败。这两种心理病态都是挫折以后的反应。一个人如果经得起挫折，就不会起这种心理变态。所谓经不起挫折，就是没有决心和勇气，就是意志薄弱。意志薄弱经不起挫折的人往往有一套自宽自解的话，就是把所有的过错都推诿到环境。明明是自己无能，而埋怨环境不允许我显本领；明明是自己甘心作坏人，而埋怨环境不允许我做好人。这其实是懦夫的心理，对于自己全不肯负责任。环境永远不会美满的，万一它生来就美满，人的成就也就无甚价值。人所以可贵，就在他不像猪豚，被饲而肥，他能够不安于污浊的环境，拿力量来改变它、征服它。

普通人的毛病在责人太严，责己太宽。埋怨环境还由于缺乏自省自责的习惯。自己的责任必须自己担当起，成功是我的成功，失败也是我的失败。每个人是他自己的造化主，环境不足畏，犹如命运不足信。我们的民族需要自力更生，我们每个人也是如此。我们的青年必须先有这种觉悟，个人和国家民族的前途才有希望。能责备自己，信赖自己，然后自己才会打出一个江山来。

我们有一句老话："有志者事竟成。"这话说得很好，古今中外在任何方面经过艰苦奋斗而成功的英雄豪杰都可以做例证。志之成就是理想的实现。人为的事实都必基于理想，没有理想决不能成为人为的事实。譬如登山，先须存念头去登，然后一步一步地走上去，最后才会达到目的地。如果根本不起登的念头，登的事实自无从发生。这是浅例。世间许多行尸走肉浪费了他们的生命，就因为他们对于自己应该做的事不起念头。许多以教育为事业的人根本不起念头去研究，许多以政治为事业的人根本不起念头为国民谋幸福。我们的文化落后，社会紊乱，不就由于这个极简单的原因么？这就是上文所谓“消沉”“无志气”。“有志者事竟成”，无志者事就不成。

不过“有志者事竟成”一句话也很容易发生误解，“志”字有几种意义：一是念头或愿望（wish），一是起一个动作时所存的目的（purpose），一是达到目的的决心（will，determination）。譬如登山，先起登的念头，次要一步一步地走，而这走必步步以登为目的，路也许长，障碍也许多，须抱定决心，不达目的不止，然后登的愿望才可以实现，登的目的才可以达到。“有志者事竟成”的志，须包含这三种意义在内：第一要起念头，其次要认清目的和达到目的之方法，第三是抱必达目的之决心。很显然的，要事之成，其难不在起念头，而在目的之认识与达到目的之决心。

有些人误解立志只是起念头。一个小孩子说他将来要做大总统，一个乞丐说他成了大阔佬要砍他的仇人的脑袋，所谓“癞蛤蟆想吃天鹅肉”，完全不思量达到这种目的所必有的方法或步骤，更不抱定循这方法步骤去达到目的之决心，这只是狂妄，不能算是立志。世间有许多人不肯学乘除加减而想将来做算学的发明家，不学军事、学当兵打仗而想将来做大元帅东征西讨，不切实培养学问技术而想将来做革命家改造社会，都是犯这种狂妄的毛病。

如果以起念头为立志，则有志者事竟不成之例甚多。愚公尽可移山，精卫尽可填海，而世间却实有不可能的事情。我们必须承认“不可能”的真实性。所谓“不可能”，就是俗语所谓“没有办法”，没有一个方法和步骤去达到所悬想的目的。没有认清方法和步骤而想达到那个目的，那只是痴想而不是立志。志就是理想，而理想的理想必定是可实现的理想。理想普通有两种意义，一是“可望而不可攀，可幻想而不可实现的完美”，比如许多宗教都以长生不老为人生理想，它成为理想，就因为事实上没有人长生不老。理想的另一意义是“一个问题的最完美的答案”，或是“可能范围以内的最圆满的解决困难的办法”。比如长生不老虽非人力所能达到，而强健却是人力所能达到的，就人的能力范围来说，强健是一个合理的理想。这两种意义的分别在一个蔑视事实条件，一个顾到事实条件，一个渺茫无稽，一个有方法步骤可循。严格地说，前一种是幻想、痴想而不是理想，是理想都必顾到事实。在理想与事实起冲突时，错处不在事实而在理想。我们必须接受事实，理想与事实背驰时，我们应该改变理想。坚持一种不合理的理想而至死不变只是匹夫之勇，只是“猪武”。我特别着重这一点，因为有些道德家在盲目地说坚持理想，许多人在盲目地听。

我们固然要立志，同时也要度德量力。卢梭在他的教育名著《爱弥儿》里有一段很透辟的话，大意是说人生幸福起于愿望与能力的平衡。一个人应该从幼时就学会在自己能力范围以内起愿望，想做自己所能做的事，也能做自己所想做的事。这番话出诸浪漫色彩很深的卢梭尤其值得我们玩味。卢梭自己有时想入非非，因此吃过不少的苦头，这番话实在是经验之谈。许多烦闷，许多失败，都起于想做自己所不能做的事，或是不能做自己所想做的事。

志气成就了许多人，志气也毁坏了许多人。既是志，实现必不在目前而在将来。许多人拿立志远大做籍口，把目前应做的事延宕贻误。尤其是青年们欢喜在遥远的未来摆一个黄金时代，把希望全寄托在那上面，终日沉醉在迷梦里，让目前宝贵的时光与机会错过，徒贻后日无穷之悔。我自己从前有机会学希腊文和意大利文时，没有下手，买了许多文法读本，心想到四十岁左右时当有闲暇岁月，许我从容自在地自修这些重要的文字，现在四十过了几年了，看来这一生似不能与希腊文和意大利文有缘分了，那箱书籍也恐怕只有摆在那里霉烂了。这只是一例。我生平有许多事叫我追悔，大半都像这样“志在将来”而转眼即空空过去。“延”与“误”永是连在一起，而所谓“志”往往叫我们由“延”而“误”。所谓真正立志，不仅要接受现在的事实，尤其要抓住现在的机会。如果立志要做一件事，那件事的成功尽管在很远的将来，而那件事的发动必须就在目前一顷刻。想到应该做，马上就做，不然，就不必发下一个空头愿。发空头愿成了一个习惯，一个人就会永远在幻想中过活，成就不了任何事业，听说抽鸦片烟的人想头最多，意志力也最薄弱。老是在幻想中过活的人在精神方面颇类似烟鬼。

我在很早的一篇文章里提出我个人做人的信条，现在想起，觉得其中仍有可取之处，现在不妨趁此再提出供读者参考。我把我的信条叫作“三此主义”，就是此身，此时，此地。

一、此身应该做而且能够做的事，就得由此身担当起，不推诿给旁人。二、此时应该做而且能够做的事，就得在此时做，不拖延到未来。三、此地（我的地位，我的环境）应该做而且能够做的事，就得在此地做，不推诿到想象中的另一地位去做。

这是一个极现实的主义。本分人做本分事，脚踏实地，丝毫不带一点浪漫情调。我相信如果我们能够彻底地照着做，不至于很误事。西谚说得好：“手中的一只鸟，值得林中的两只鸟。”许多“有大志”者往往为着觊觎林中的两只鸟，让手中的一只鸟安然逃脱。

谈羞恶之心

羞恶未然的过恶是耻，羞恶已然的过恶是悔。耻令人免过，悔令人改过。

《新约》里《约翰福音》第八章记载这样一段故事：

耶稣在庙里布教，一大群人围着他听。刑名师和法利赛人带着一个行淫被拘的妇人来，把她放在群众当中，向耶稣说："这妇人是正在行淫时被拿着的。摩西在法律中吩咐过我们，像这样的人应用石头打死，你说怎样办呢？"耶稣弯下身子来用指画地，好像没有听见他们。他们继续着问，耶稣于是抬起身子来向他们说："你们中间谁是没有罪的，就让谁先拿石头打她。"说完又弯下身子用指画地。他们听到这话，各人心里都有内疚，一个一个地走出去，从最年老的到最后的，只剩下耶稣，那妇人仍站在当中。耶稣抬起身子来向她说："妇人，告你状的人到哪里去了呢？没有人定你的罪吗？"她说："没有人，我主。"耶稣说："我也不定你的罪，去吧，以后不要再犯了。"

这段故事给我以极深的感动，也给我以不小的惶惑。耶稣的宽宥是恻隐之心的最高的表现，高到泯没羞恶之心的程度，这令人对于他的胸怀起伟大崇高之感。同时，我们也难免惶惑不安。如果这种宽宥的精神充类至尽，我们不就要姑息养奸，任世间一切罪孽过恶蔓延，简直不受惩罚或裁制么？

我们对于世间罪孽、过恶原可以持种种不同的态度。是非善恶本是世间习用的分别，超出世间的看法，我们对于一切可作平等观。正觉烛照，五蕴皆空。嗔恚有碍正觉，有如"清冷云中，霹雳起火"。无论在人在我，消除过恶，都当以正觉净戒，不可起嗔恚。这是佛家的态度。其次，即就世间法而论，是非善恶之类道德观念起于"实用理性批判"。若超出实用的观点，我们可以拿实际人生中一切现象如同图画、戏剧一样去欣赏，不作善恶判断，自不起道德上的爱恶，如尼采所主张的。这是美感的态度。再次，即就世间法的道德观点而论，人生来不能尽善尽美，我们彼此都有弱点，就不免彼此都有过错。这是人类公同的不幸。如果遇到弱点的表现，我们须了解这是人情所难免，加以哀矜与宽恕。"了解一切，就是宽恕一切。"这是耶稣教徒的态度。

这几种态度都各有很崇高的理想，值得我们景仰向往，而且有时值得我们努力追攀。不过在这不完全的世界中，理想永远是理想，我们不能希望一切人得佛家所谓正觉，对一切作平等观，不能而且也不应希望一切人在一切时境都如艺术家对于罪孽、过恶纯取欣赏态度，也不能希望一切人都有耶稣的那样宽恕的态度，而且一切过恶都可受宽恕的感化。我们处在人的立场为人类谋幸福，必希望世间罪孽、过恶减少到可能的最低限度。减少的方法甚多，积极的感化与消极的裁制似都不可少。我们不能人人有佛的正觉，也不能人人有耶稣的无边的爱，但是我们人人都有几分羞恶之心。世间许多法律制度和道德信条都是利用人类同有的羞恶之心作原动力。近代心理学更能证明羞恶之心对于人格形成的重要。基于羞恶之心的道德影响也许是比较下乘的，但同时也是比较实际的、近人情的。

“羞恶之心”一词出于孟子，他以为是“义之端”，这就是说，行为适宜或恰到好处，须从羞恶之心出发。朱子分羞恶为两事，以为“羞是羞己之恶，恶是恶人之恶”。其实只要是恶，在己者可羞亦可恶，在人者可恶亦可羞。只拿行为的恶做对象说，羞恶原是一事。不过从心理的差别说，羞恶确可分对己对人两种。就对己说，羞恶之心起于自尊情操。人生来有向上心，无论在学识、才能、道德或社会地位方面，总想达到甚至超过流行于所属社会的最高标准。如果达不到这标准，显得自己比人低下，就自引以为耻。耻便是羞恶之心，西方人所谓荣誉意识（sense of honour）的消极方面。有耻才能向上奋斗。这中间有一个人我比较，一方面自尊情操不容我居人下，一方面社会情操使我顾虑到社会的毁誉。所以知耻同时有自私的和泛爱的两个不同的动机。对于一般人，耻（即羞恶之心）可以说就是道德情操的基础。他们趋善避恶，与其说是出于良心或责任心，不如说是出于羞恶之心，一方面不甘居下流，一方面看重社会的同情。中国先儒认清此点，所以布政施教，特重明耻。管子甚至以耻与礼义廉并称为“国之四维”。

人须有所为，有所不为。羞恶之心最初是使人有所不为。孟子在讲羞恶之心时，只说是“义之端”，并未举例说明，在另一段文字里他说：“人能充无穿窬之心，而义不可胜用也，人能充无受尔汝之实，无所往而不为义也。”这里他似在举羞恶之心的实例，“无穿窬”（不做贼）和“无受尔汝之实”（不愿被人不恭敬地称呼），都偏于“有所不为”和“胁肩谄笑，病于夏畦”，“巧言令色足恭，左丘明耻之，丘亦耻之”之类心理相同。但孟子同时又说：“人皆有所不为，达之于其所为，义也。”这就是说，羞恶之心可使人耻为所不应为，扩充起来，也可以使人耻不为所应为。为所应为便是尽责任，所以“知耻近乎勇”。人到了无耻，便无所不为，也便不能有所为。有所不为便可以寡过。但绝对无过实非常人所能。儒家与耶教都不责人有过，只力劝人改过。知过能改，须有悔悟。悔悟仍是羞恶之心的表现。羞恶未然的过恶是耻，羞恶已然的过恶是悔。耻令人免过，悔令人改过。

孟子说：“不耻不若人，何若人有？”耻使人自尊自重，不自暴自弃。近代阿德勒（Adler）一派心理学说很可以引来说明这个道理。有羞恶之心先必发现自己的欠缺，发现了欠缺，自以为耻（阿德勒所谓“卑劣情意综”），觉得非努力把它降伏下去，显出自己的尊严不可（阿德勒所谓“男性的抗议”），于是设法来弥补欠缺，结果不但欠缺弥补起，而且所达到的成就还比平常更优越。德摩斯梯尼本来口吃，不甘受这欠缺的限制，发愤练习演说，于是成为希腊的最大演说家。贝多芬本有耳病，不甘受这欠缺的限制，发愤练习音乐，于是成为德国的最大音乐家。阿德勒举过许多同样的实例，证明许多历史上的伟大人物在身体资禀或环境方面都有缺陷，这缺陷所生的“卑劣情意综”激起他们的“男性的抗议”，于是他们拿出非常的力量，成就非常的事业。中国左丘明因失明而作《国语》，孙子因膑足而作《兵法》，司马迁因受宫刑而作《史记》，也是很好的例证。阿德勒偏就器官机能方面着眼，其实他的学说可以引申到道德范围。因卑劣意识而起男性抗议，是“知耻近乎勇”的一个很好的解释。诸葛孔明要邀孙权和刘备联合去打曹操，先假劝他向曹操投降，孙权问刘备何以不降，他回答说：“田横齐之壮士耳，犹守义不辱。况刘豫州王室之胄，英才盖世，安能复为之下乎？”孙权听到这话，便勃然宣布他的决心：“吾不能举全吴之地，十万之众，受制于人！”这就是先激动羞耻心，再激动勇气，由卑劣意识引到男性抗议。

孟子讲羞恶之心，似专就对己一方面说。朱子以为它还有对人一方面，想得更较周到。我们对人有羞恶之心，才能嫉恶如仇，才肯努力去消除世间罪孽、过恶。孔子大圣人，胸襟本极冲和，但《论语》记载他恶人的表现特别多。冉有不能救季氏僭礼，宰我对鲁哀公说话近逢迎，子路说轻视读书的话，樊迟请学稼圃，孔子对他们所表示的态度都含有羞恶的意味。子贡问他："君子亦有所恶乎？"他回答说："有，恶称人之恶者，恶居下流而讪上者，恶勇而无礼者，恶果敢而窒者。"一口气就数上一大串。他尝以"吾未见好仁者恶不仁者"为欢。他最恶的是乡愿（现在所谓伪君子），因为这种人"阉然媚于世，非之无举，刺之无刺，居之似忠信，行之似廉洁，众皆悦之，自以为是，而不可与入尧舜之道"。他一度为鲁相，第一件要政就是诛少正卯，一个十足的乡愿。我特别提出孔子来说，因为照我们的想象，孔子似不轻于恶人，而他竟恶得如此厉害，这最足证明凡道德情操深厚的人对于过恶必有极深的厌恶。世间许多人没有对象可五体投地地去钦佩，也没有对象可深入骨髓地去厌恶，只一味周旋随和，这种人表面上像是炉火纯青，实在是不明是非，缺乏正义感。社会上这种人愈多，恶人愈可横行无忌，不平的事件也愈可蔓延无碍，社会的混浊也就愈不易澄清。社会所借以维持的是公平（西方所谓 justice），一般人如果没有羞恶之心，任不公平的事件不受裁制，公平就无法存在。过去社会的游侠，和近代社会的革命者，都是迫于义愤，要"打抱不平"，虽非中行，究不失为狂狷，在社会腐浊的时候，仍是有他们的用处。

个人须有羞恶之心，集团也是如此。田横的五百义士不肯屈伏于刘邦，全体从容赴义，历史传为佳话，古人谈兵，说明耻然后可以教战，因为明耻然后知道“所恶有胜于死者”，不会苟且偷生。我们民族这次英勇的抗战是最好的例证，大家牺牲安适、家庭、财产以至于生命，就因为不甘做奴隶的那一点羞恶之心。大抵一个民族当承平的时候，羞恶之心表现于公是公非，人民都能受道德法律的裁制，使社会秩序井然。所谓“化行俗美”，“有耻且格”。到了混乱的时候，一般人廉耻道丧，全民族的羞恶之心只能借少数优秀分子保存，于是才有“气节”的风尚。东汉太学生郭泰、李膺、陈蕃诸人处外戚宦官专权恣肆之际，独持清议，一再遭钩党之祸而不稍屈服。明末魏阉执权乱国，士大夫多阿谀取容，其无耻之尤者至认阉作父，东林党人独仗义直言，对阉党声罪致讨，至粉身碎骨而不悔。这些党人的行径容或过于褊急，但在恶势力横行之际能不顾一切，挺身维持正气，对于民族精神所留的影响是不可磨灭的。

目前我们民族正遇着空前的大难，国耻一重一重地压来，抗战的英勇将士固可令人起敬，而此外卖国求荣、贪污误国和醉生梦死者还大有人在，原因正在羞恶之心的缺乏。我们应该记着“明耻教战”的古训，极力培养人皆有之的一点羞恶之心。我们须知道做奴隶可耻，自己睁着眼睛望做奴隶的路上走更可耻。罪过如果在自己，应该忏悔，如果在旁人，也应深恶痛嫉，设法加以裁制。

谈恻隐之心

一念向此，或一念向彼，都很自然，
但在动念的关头，差以毫厘便谬以千里。

罗素在《中国问题》里讨论我们民族的性格，指出三个弱点：贪污、怯懦和残忍。他把残忍放在第一位，所说的话最足令人深省："中国人的残忍不免打动每一个盎格鲁—撒克逊人。人道的动机使我们尽一分力量来减除其余九十九分力量所做的过恶，这是他们所没有的。……我在中国时，成千成万的人在饥荒中待毙，人们为着几块钱出卖儿女，卖不出就弄死。白种人很尽了些力去赈荒，而中国人自己出的力却很少，连那很少的还是被贪污吞没。……如果一只狗被汽车压倒致重伤，过路人十个就有九个站下来笑那可怜的畜牲的哀号。一个普通中国人不会对受苦受难起同情的悲痛，实在他还像觉得它是一个颇愉快的景象。他们的历史和他们的辛亥革命前的刑律可见出他们免不掉故意虐害的冲动。"

我第一次看《中国问题》还在十几年以前，那时看到这段话心里甚不舒服，现在为大学生选英文读品，把这段话再看了一遍，心里仍是甚不舒服。我虽不是狭义的国家主义者，也觉得心里一点民族自尊心遭受打击，尤其使我怀惭的是没有办法来辩驳这段话。我们固然可以反诘罗素说："他们西方人究竟好得几多呢？"可是他似乎预料到这一着，在上一段话终结时，他补充了一句："话须得说清楚，故意虐害的事情各大国都在所不免，只是它到了什么程度被我们的伪善隐瞒起来了。"他言下似有怪我们竟明目张胆地施行虐害的意味。

罗素的这番话引起我的不安，也引起我由中国民族性的弱点想到普遍人性的弱点。残酷的倾向，似乎不是某一民族所特有的，它是像盲肠一样由原始时代遗留下来的劣根性，还没有被文化洗刷净尽。小孩们大半欢喜虐害昆虫和其他小动物，踏死一堆蚂蚁，满不在意。用生人做陪葬者或是祭典中的牺牲，似不仅限于野蛮民族。罗马人让人和兽相斗相杀，西班牙人让牛和牛相斗相杀，作为一种娱乐来看。中世纪审判异教徒所用的酷刑无奇不有。在战争中人们对于屠杀尤其狂热，杀死几百万生灵如同踏死一堆蚂蚁一样平常，报纸上轻描淡写地记一笔，造成这屠杀记录者且热烈地庆祝一场。就在和平时期，报纸上杀人、起火、翻船、离婚之类不幸的消息也给许多观众以极大的快慰。一位西方作家说过："揭开文明人的表皮，在里皮里你会发现野蛮人。"据说大哲学家斯宾诺莎的得意的消遣是捉蚊蝇摆在蛛网上看他们被吞食。近代心理学家研究变态心理所表现的种种奇怪的虐害动机如"撒地主义”（sadism），尤足令人毛骨悚然，这类事实引起一部分哲学家，如中国的荀子和英国的霍布斯，推演出“性恶”一个结论。

有些学者对于幸灾乐祸的心理，不以性恶为最终解释而另求原因。最早的学说是自觉安全说。拉丁诗人卢克莱修说：“狂风在起波浪时，站在岸上看别人在苦难中挣扎，是一件愉快的事。”这就是中国成语中的“隔岸观火”。卢克莱修以为使我们愉快的并非看见别人的灾祸，而是庆幸自己的安全。霍布斯的学说也很类似。他以为别人痛苦而自己安全，就足见自己比别人高一层，心中有一种光荣之感。苏格兰派哲学家如倍恩（Bain）之流以为幸灾乐祸的心理基于权力欲。能给苦痛让别人受，就足显出自己的权力。这几种学说都有一个公同点：就是都假定幸灾乐祸时有一种人我比较，比较之后见出我比人安全，比别人高一层，比别人有权力，所以高兴。

这种比较也许是有的，但是比较的结果也可以发生与幸灾乐祸相反的念头。比如我们在岸上看翻船，也可以忘却自己处在较幸运的地位，而假想到自己在船上碰着那些危险的境遇，心中是如何惶恐、焦急、绝望、悲痛。将己心比人心，人的痛苦就变成自己的痛苦。痛苦的程度也许随人而异，而心中总不免有一点不安、一点感动和一点援助的动机。有生之物都有一种同类情感。对于生命都想留恋和维护，凡遇到危害生命的事情都不免恻然感动，无论那生命是否属于自己。生命是整个的有机体，我们每个人是其中一肢一节，这一肢的痛痒引起那一肢的痛痒。这种痛痒相关是极原始的、自然的、普遍的。父母遇着儿女的苦痛，仿佛自身在苦痛。同类相感，不必都如此深切，却都可由此类推。这种同类的痛痒相关就是普通所谓“同情”，孟子所谓“恻隐之心”。孟子所用的比譬极亲切：“今人乍见孺子将入于井，皆有怵惕恻隐之心。”他接着推求原因说：“非所以内交于孺子之父母也，非所以要誉于乡党朋友也，非恶其声而然也。”他没有指出正面的原因，但是下结论说：“由是观之，无恻隐之心非人也。”他的意思是说恻隐之心并非起于自私的动机，人有恻隐之心只因为人是人，它是组成人性的基本要素。

从此可知遇着旁人受苦难时，心中或是发生幸灾乐祸的心理，或是发生恻隐之心，全在一念之差。一念向此，或一念向彼，都很自然，但在动念的关头，差以毫厘便谬以千里。念头转向幸灾乐祸的一方面去，充类至尽，便欺诈凌虐，屠杀吞并，刀下不留情，睁眼看旁人受苦不伸手援助，甚至落井下石，这样一来，世界便变成冤气弥漫、黑暗无人道的场所；念头转向恻隐一方面去，充类至尽，则四海兄弟，一视同仁，守望相助，疾病相扶持，老有所养，幼有所归，鳏寡孤独者亦可各得其所，这样一来，世界便变成一团和气、其乐融融的场所。野蛮与文化，恶与善，祸与福，生存与死灭的歧路全在这一转念上面，所以这一转念是不能苟且的。

这一转念关系如许重大，而转好转坏又全系在一个刀锋似的关头上，好转与坏转有同样的自然而容易，所以古今中外大思想家和大宗教家，都紧握住这个关头。各派伦理思想尽管在侧轻侧重上有差别，各派宗教尽管在信条仪式上互相悬殊，都着重一个基本德行。孔孟所谓“仁”，释氏所谓“慈悲”，耶稣所谓“爱”，都全从人类固有的一点恻隐之心出发。他们都看出在临到同类受苦受难的关头上，一着走错，全盘皆输，丢开那一点恻隐之心不去培养，一切道德都无基础，人类社会无法维持，而人也就丧失其所以为人的本性。这是人类智慧的一个极平凡而亦极伟大的发现，一切伦理思想，一切宗教，都基于这点发现。这也就是说，恻隐之心是人类文化的泉源。

如果幸灾乐祸的心理起于人我的比较，恻隐之心更是如此，虽然这种比较不必尽浮到意识里面来。儒家所谓“推己及物”、“举斯心加诸彼”、“己所不欲，勿施于人”，都是指这种比较。所以“仁”与“恕”是一贯的，不能恕决不能仁。恕须假定知己知彼，假定对于人性的了解。小孩虐待弱小动物，说他们残酷，不如说他们无知，他们根本没有动物能痛苦的观念。许多成人残酷，也大半由于感觉迟钝，想象平凡，心眼窄所以心肠硬。这固然要归咎于天性薄，风俗习惯的濡染和教育的熏陶也有关系。函人唯恐伤人，矢人唯恐不伤人，职业习惯的影响于此可见。希腊盛行奴隶制度，大哲学家如柏拉图、亚里士多德都不以为非，在战争的狂热中，耶稣教徒祷祝上帝歼灭同奉耶教的敌国，风气的影响于此可见。善人为邦百年，才可以胜残去杀，习惯与风俗既成，要很大的教育力量，才可挽回转来。在近代生活竞争剧烈，战争为解决纠纷要径，而道德与宗教的势力日就衰颓的情况之下，恻隐之心被摧残比被培养的机会较多。人们如果不反省痛改，人类前途将日趋于黑暗，这是一个极可危惧的现象。

凡是事实，无论它如何不合理，往往都有一套理论替它辩护。有战争屠杀就有辩护战争屠杀的哲学。恻隐之心本是人道基本，在事实上摧残它的人固然很多，在理论上攻击它的人亦复不少。柏拉图在《理想国》里攻击戏剧，就因为它能引起哀怜的情绪，他以为对人起哀怜，就会对自己起哀怜，对自己起哀怜，就是缺乏丈夫气，容易流于怯懦和感伤。近代德国一派唯我主义的哲学家如斯蒂纳（Sterner）、尼采之流，更明目张胆地主张人应尽量扩张权力欲，专为自己不为旁人，恻隐仁慈只是弱者的德操。弱者应该灭亡，而且我们应促成他们灭亡。尼采痛恨无政府主义者和耶稣教徒，说他们都迷信恻隐仁慈，力求妨碍个人的进展。这种超人主义酿成近代德国的武力主义。在崇拜武力侵略者的心目中，恻隐之心只是妇人之仁，有了它心肠就会软弱，对弱者与不康健者（兼指物质的与精神的）持姑息态度，做不出英雄事业来。哲学上的超人主义在科学上的进化主义又得一个有力的助手。在达尔文一派生物学家看，这世界只是一个生存竞争的战场，优胜劣败，弱肉强食，就是这战场中的公理。这种物竞说充类至尽，自然也就不能容许恻隐之心的存在。因为生存需要斗争，而斗争即须拼到你死我活，能够叫旁人死而自己活着的就是“最适者”。老弱孤寡疲癃残疾以及其他一切灾祸的牺牲者照理应归淘汰。向他们表示同情，援助他们，便是让最不适者生存，违反自然的铁律。

恻隐之心还另有一点引起许多人的怀疑。它的最高度的发展是悲天悯人，对象不仅是某人某物，而是全体有生之伦。生命中苦痛多于快乐，罪恶多于善行，祸多于福，事实常追不上理想。这是事实，而这事实在一般敏感者的心中所生的反响是根本对于人生的悲悯。悲悯理应引起救济的动机，而事实上人力不尽能战胜自然，已成的可悲悯的局面不易一手推翻，于是悲悯者变成悲剧中的主角，于失败之余，往往被逼向两种不甚康健的路上去，一是感伤愤慨，遗世绝俗，如屈原一派人；一是看空一切，徒作未来世界或另一世界的幻梦，如一般厌世出家的和尚。这两种倾向有时自然可以合流。近代许多文学作品可以见出这些倾向。比如哈代（T. Hardy）的小说、豪斯曼（A.E. Housman）的诗，都带着极深的哀怜情绪，同时也带着极浓的悲观色彩。许多人不满意于恻隐之心，也许因为它有时发生这种不康健的影响。

恻隐之心有时使人软弱怯懦，也有时使人悲观厌世。这或许都是事实。但是恻隐之心并没有产生怯懦和悲观的必然性。波斯大帝泽克西斯（Xerxes）率百万大军西征希腊，站在桥头望台上看他的军队走过赫勒斯滂海峡，回头向他的叔父说："想到人寿短促，百年之后，这大军之中没有一个人还活着，我心里突然感到一阵怜悯。"但是这一阵怜悯并没有打消他征服希腊的雄图。屠格涅夫在一首散文诗里写一只老麻雀牺牲性命去从猎犬口里救落巢的雏鸟。那首诗里充满着恻隐之心，同时也充满着极大的勇气，令人起雄伟之感。孔子说得好：“仁者必有勇。”古今伟大人物的生平大半都能证明真正敢作敢为的人往往是富于同类情感的。菩萨心肠与英雄气骨常有连带关系，最好的例子是释迦。他未尝无人世空虚之感，但不因此打消救济人类世界的热望。“我不入地狱，谁入地狱！”这是何等的悲悯！同时，这是何等的勇气。孔子是另一个好例。他也明知“滔滔者天下皆是”，但是“知其不可而为之”。“鸟兽不可与同群，吾非斯人之徒与而谁与？天下有道，丘不与易也。”这是何等的悲悯！同时，这是何等的勇气！世间勇于作淑世企图的人，无论是哲学家、宗教家或社会革命家，都有一片极深挚的悲悯心肠在驱遣他们，时时提起他们的勇气。

现在回到本文开始时所引的罗素的一段话。他说：“人道的动机使我们尽一分力量来灭除其余九十九分力量所做的过恶，这是他们（中国人）所没有的。”这话似无可辩驳。但是我以为我们缺乏恻隐之心，倒不仅在遇饥荒不赈济，穷来卖儿女作奴隶，看到颠沛无告的人掩鼻而过之类的事情，而尤在许多人看到整个社会日趋于险境，不肯做一点挽救的企图。教育家们睁着眼睛看青年堕落，政治家们睁着眼睛看社会秩序紊乱，富商大贾睁着眼睛看经济濒危，都漫不在意，仍是各谋各的安富尊荣，有心人会问：“这是什么心肝？”如果我们回答说：“这心肝缺乏恻隐。”也许有人觉得这话离题太远。其实病原全在这上面。成语中有“麻木不仁”的字样，意义极好，麻木与不仁是连带的。许多人对于社会所露的险象都太麻木，我想这是不能否认的。他们麻木，由于他们不仁（用我们的辞语来说，缺乏恻隐之心）。麻木不仁，于是一切都受支配于盲目的自私。这毛病如何救济，大是问题。说来易，做来难。一般人把一切性格上的难问题都推到教育，教育是否有这样万能，我很怀疑。在我想，大灾大乱也许可以催促一部分人的猛省，先哲伦理思想的彻底认识以及佛耶二教的基本精神的吸收，也许可造成一种力量。无论如何，培养恻隐之心必定是一个重要的节目。

谈摆脱

世间有许多人站在歧路上只徘徊顾虑，既不肯有所舍，便不能有所取。世间也有许多人既走上这一条路，又念念不忘那一条路。结果也不免差误时光。

朋友：

近来研究黑格尔（Hegel）讨论悲剧的文章，有时拿他的学说来印证实际生活，颇觉欣然有会意。许久没有写信给你，现在就拿这点道理作谈料。

黑格尔对于古今悲剧，最推尊希腊索福克勒斯（Sophocles）的《安提戈涅》(*Antigone*)。安提戈涅的哥哥因为争王位，借重敌国的兵攻击他自己的祖国忒拜，他在战场中被打死了。忒拜新王克瑞翁（Creon）悬令，如有人敢收葬他，便处死罪，因为他是一个国贼。安提戈涅很像中国的聂嫈，毅然不避死刑，把她哥哥的尸骨收葬了。安提戈涅又是和克瑞翁的儿子海蒙（Haemon）订过婚的，她被绞以后，海蒙痛恨她，也自杀了。

黑格尔以为凡悲剧都生于两理想的冲突，而《安提戈涅》是最好的实例。就克瑞翁说，做国王的职责和做父亲的职责相冲突。就安提戈涅说，做国民的职责和做妹妹的职责相冲突。就海蒙说，做儿子的职责和做情人的职责相冲突。因此冲突，故三方面结果都是悲剧。

黑格尔只是论文学，其实推广一点说，人生又何尝不是一种理想的冲突场？不过实在界和舞台有一点不同，舞台上的悲剧生于冲突之得解决，而人生的悲剧则多生于冲突之不得解决。生命途程上的歧路尽管千差万别，而实际上只有一条路可走，有所取必有所舍，这是自然的道理。世间有许多人站在歧路上只徘徊顾虑，既不肯有所舍，便不能有所取。世间也有许多人既走上这一条路，又念念不忘那一条路。结果也不免差误时光。“鱼我所欲，熊掌亦我所欲，二者不可得兼，舍鱼而取熊掌可也。”有这样果决，悲剧决不会发生。悲剧之发生就在既不肯舍鱼，又不肯舍熊掌，只在那儿垂涎打算盘。这个道理我可以举几个实例来说明：

“禾”是一个大学生，很好文学，而他那一班的功课有簿记、有法律，都是他所厌恶的。他每见到我便愁眉蹙额地说：“真是无聊！天天只是预备考试！天天只是读这些没有意味的课本！”我告诉他：“你既不欢喜那些东西，便把它们丢开就是了。”他说：“既然花了家里的钱进学堂，总得要勉强敷衍考试才是。”我说：“你要敷衍考试，就敷衍考试就是了。”然而他天天嫌恶考试，天天又还在那儿预备考试。

我有一个幼时的同学恋爱了一个女子。他的家庭极力阻止他。他每次来信都向我诉苦。我去信告诉他说：“你既然爱她，便毅然不顾一切去爱她就是了。”他又说：“家庭骨肉的恩爱就能够这样恝然置之吗？”我回复他说：“事既不能两全，你便应该趁早疏绝她。”但是他到现在还是犹豫不知所可，还是照旧叫苦。

“禹”也是一个旧相识。他在衙门里充当一个小差事。他很能做文章，家里虽不丰裕，也还不至于没有饭吃。衙门里案牍和他的脾胃不很合，而且妨碍他著述。他时常觉得他的生活没有意味，和我谈心时，不是说：“嗳，如果我不要就这个事，这本稿子久已写成了。”就是说：“这事简直不是人干的，我回家陪妻子吃糙米饭去了！”像这样的话我也不知道听他说过多少回数，但是他还是依旧风雨无阻地去应卯。

这些朋友的毛病都不在“见不到”而在“摆脱不开”。“摆脱不开”便是人生悲剧的起源。畏首畏尾，徘徊歧路，心境既多苦痛，而事业也不能成就。许多人的生命都是这样模模糊糊的过去的。要免除这种人生悲剧，第一须要“摆脱得开”。消极说是“摆脱得开”，积极说便是“提得起”，便是“抓得住”。认定一个目标，便专心致志地向那里走，其余一切都置之度外，这是成功的秘诀，也是免除烦恼的秘诀。现在姑且举几个实例来说明我所谓“摆脱得开”。

释迦牟尼当太子时，乘车出游，看到生老病死的苦状，便恍然解悟人生虚幻，把慈父、娇妻、爱子和王位一齐抛开，深夜遁入深山，静坐菩提树下，冥心默想解脱人类罪苦的方法。这是古今第一个知道摆脱的人。其次如苏格拉底，如耶稣，如屈原，如文天祥，为保持人格而从容就死，能摆脱开一般人所摆脱不开的生活欲，也很可以廉顽立懦。再其次如希腊第欧根尼提倡克欲哲学，除一个饮水的杯子和一个盘坐的桶子以外，身旁别无长物，一日见童子用手捧水喝，他便把饮水的杯子也掷碎。犹太斯宾诺莎学说与犹太教义不合，犹太教徒行贿不遂，把他驱逐出籍，他以后便专靠磨镜过活。他在当时是欧洲第一个大哲学家，海得尔堡大学请他去当哲学教授，他说："我还是磨我的镜子比较自由。"所以谢绝教授的位置。这是能为真理为学问摆脱一切的。卓文君逃开富家的安适，去陪司马相如当垆卖酒，是能为恋爱摆脱一切的。张翰在齐做大司马东曹掾，一天看见秋风乍起，想起吴中菰菜莼羹鲈鱼脍，立刻就弃官归里。陶渊明做彭泽令，不愿束带见督邮，向县吏说："我岂能为五斗米折腰向乡里小儿！"立即解绶辞官。这是能摆脱禄位以行吾心所安的。英国小说家司各特早年颇致力于诗，后读拜伦著作，知道自己在诗的方面不能有大成就，便丢开音律专去做他的小说。这是能为某一种学问而摆脱开其他学问之引诱的。孟敏堕甑，不顾而去。郭林宗问他的缘故，他回答说："甑已碎，顾之何益？"这是能摆脱过去之失败的。

斯蒂文森论文，说文章之术在知遗漏（the art of omitting），其实不独文章如是，生活也要知所遗漏。我幼时，有一位最敬爱的国文教师看出我不知摆脱的毛病，尝在我的课卷后面加这样的批语：“长枪短戟，用各不同，但精其一，已足致胜。汝才有偏向，姑发展其所长，不必广心博骛也。”十年以来，说了许多废话，看了许多废书，做了许多不中用的事，走了许多没有目标的路，多尝试，少成功，回忆师训，殊觉赧然，冷眼观察，世间像我这样暗中摸索的人正亦不少。大节固不用说，请问街头那纷纷群众忙的为什么？为什么天天做明知其无聊的工作，说明知其无聊的话，和明知其无聊的朋友们假意周旋？在我看来，这都由于“摆脱不开”。因为人人都“摆脱不开”，所以生命便成了一幕最大的悲剧。

朋友，我写到这里，已超过寻常篇幅，把上面所写的翻看一过，觉得还没有把“摆脱”的道理说得透。我只谈到粗浅处，细微处让你自己暇时细心体会罢。

你的朋友　光潜

谈冷静

宇宙间许多至理妙谛，寄寓于极平常微细的事物中，冷静的人才能静观，才能发现“万物皆自得”。

德国哲学家尼采把人类精神分为两种，一是阿波罗的，一是狄俄倪索斯的。这两个名称起源于希腊神话。阿波罗是日神，是光的来源，世间一切事物得着光才显现形象。希腊人想象阿波罗凭临奥林庇斯高峰，雍容肃穆，转运他的熠熠生辉的巨眼，普照世间一切，妍丑悲欢，同供玩赏，风帆自动而此心不为之动，他永远是一个冷静的旁观者。狄俄倪索斯是酒神，是生命的来源，生命无常幻变，狄俄倪索斯要在生命幻变中忘却生命幻变所生的痛苦，纵饮狂歌，争取刹那间尽量的欢乐，时时随着生命的狂澜流转，如醉如痴，曾不停止一息来返观自然或是玩味事物的形象，他永远是生命剧场中一个热烈的扮演者。尼采以为人类精神原有这两种分别，一静一动，一冷一热，一旁观，一表演。艺术是精神的表现，也有这两种分别，例如图画、雕刻等造型艺术是代表阿波罗精神的，音乐、跳舞等非造型艺术是代表狄俄倪索斯精神的。依尼采看，古代希腊人本最富于狄俄倪索斯精神，体验生命的痛苦最深切，所以内心最悲苦，然而没有走上绝望自杀的路，就好在有阿波罗精神来营救，使他们由表演者的地位跳到旁观者的地位，由热烈而冷静，于是人生一切灾祸罪孽便变成庄严灿烂的意象，产生了希腊人的最高艺术——悲剧。

尼采的这番话乍看来未免离奇，实在含有至理。近代心理学区分性格的话和它暗合的很多，我们在这里不必繁引。尼采专就希腊艺术着眼，以为它的长处在以阿波罗精神化狄俄倪索斯精神。希腊艺术的作风在后来被称为“古典的”，和“浪漫的”相对立。所谓“古典的”作风特点就在冷静、有节制、有含蓄，全体必须和谐完美，所谓“浪漫的”作风特点就在热烈、自由流露、尽量表现、想象丰富、情感深至，而全体形式则偶不免有瑕疵。从此可知古典主义是偏于阿波罗精神的，浪漫主义是偏于狄俄倪索斯精神的。

“古典的”与“浪漫的”原只适用于文艺，后来常有人借用这两个形容词来谈人的性格，说冷静的、纯正的、情理调和的人是“古典的”，热烈的、好奇特的、偏重情感与幻想的人是“浪漫的”。人禀赋不同，生来各有偏向，教育与环境也常容易使人习染于某一方面，但就大体来说，青年人的性格常偏于“浪漫的”，老年人的性格常偏于“古典的”，一个民族也往往如此。这两种性格各有特长，在理论上我们似难作左右袒。不过我们可以说，无论在艺术或在为人方面，“浪漫的”都多少带着些稚气，而“古典的”则是成熟的境界。如果读者容许我说一点个人的经验，我的青年期已过去了，现在快走完中年的阶段，我曾经热烈地爱好过“浪漫的”文艺与性格，现在已开始逐渐发现“古典的”更可爱。我觉得一个人在任何方面想有真正伟大的成就，“古典的”、“阿波罗的”冷静都绝不可少。

要明白冷静，先要明白我们通常所以不能冷静的原因。说浅一点，不能冷静是任情感、逞意气、易受欲望的冲动，处处显得粗心浮气：说深一点，不能冷静是整个性格修养上的欠缺，心境不够冲和豁达，头脑不够清醒，风度不够镇定安详。说到性格修养，困难在调和情与理。人是有生气的动物，不能无情感，人为万物之灵，不能无理智。情热而理冷，所以常相冲突。有一部分宗教家和哲学家见到任情纵欲的危险，主张抑情以存理。这未免是剥丧一部分人类天性，可以使人生了无生气，不能算是健康的人生观。中外大哲人如孔子、柏拉图诸人都主张以理智节制情欲，使情欲得其正而能与理智相调和。不过这不是一件易事。孔子自道经验说：“七十而从心所欲，不逾矩。”这才算是情理融合的境界。以孔子那样圣哲，到七十岁才能做到，可见其难能可贵。大抵修养入手的功夫在多读书明理，自己时时检点自己，要使理智常是清醒的，不让情感与欲望恣意孤行，久而久之，自然胸襟澄然，矜平躁释，遇事都能保持冷静的态度。

学问是理智的事，所以没有冷静的态度不能做学问。在做学问方面，冷静的态度就是科学的态度。科学（一切求真理的活动都包含在内）的任务在根据事实推求原理，在紊乱中建立秩序，在繁复中寻求条理。要达到这种任务，科学必须尊重所有的事实，无论它是正面的或反面的，不能挟丝毫成见去抹煞事实或是歪曲事实，他根据人力所能发现的事实去推求结论，必须步步虚心谨慎，把所有的可能的解说都加以缜密考虑，仔细权衡得失，然后选定一个比较圆满的解说，留待未来事实的参证。所以科学的态度必须冷静，冷静才能客观、缜密、谨严。尝见学者立说，胸中先有一成见，把反面的事实抹煞，把相反的意见丢开，矜一曲之见为伟大发明，旁人稍加批评，便以怒目相加，横肆诋骂，批评者也以诋骂相报，此来彼去，如泼妇骂街，把原来的论点完全忘去。我们通常说这是动情感，凭意气。一个人愈易动情感，凭意气，在学问上愈难有成就。一个有学问的人必定是“清明在躬，志气如神”，换句话说，必定能冷静。

一般人欢喜拿文艺和科学对比，以为科学重理智而文艺重情感。其实文艺正因为表现情感的缘故，需要理智的控制反比科学更甚。英国诗人华兹华斯曾自道经验说：“诗起于沉静中所回味得来的情绪。”人人都能感受情绪，感受情绪而能在沉静中回味，才是文艺家的特殊修养。感受是能入，回味是能出。能入是主观的、热烈的；回味是客观的、冷静的。前者是尼采所谓狄俄倪索斯精神的表现，而后者则是阿波罗精神的表现，许多人以为生糙情感便是文艺材料，怪自己没有能力去表现，其实文艺须在这生糙情感之上加以冷静的回味、思索、安排，才能豁然贯通，见出形式。语言与情思都必经过洗刷炼裁，才能恰到好处。许多人在兴高采烈时完成一个作品，便自矜为绝作，过些时候自己再看一遍，就不免发现许多毛病。罗马批评家贺拉斯劝人在完成作品之后，放下几年才发表，也是有见于文艺创作与修改，须要冷静，过于信任一时热烈兴头是最易误事的。我们在前面已经说过，成熟的“古典的”文艺作品特色就在冷静。近代写实派不满意于浪漫派，原因在也主张文艺要冷静。一个人多在文艺方面下功夫，常容易养成冷静的态度。关于这一点，我在几年前写过一段自白，希望读者容许我引来参证：

> 我应该感谢文艺的地方很多，尤其他教我学会一种观世法。一般人常以为只有科学的训练才可以养成冷静的客观的头脑。……我也学过科学，但是我的冷静的客观的头脑不是从科学而是从文艺得来的。凡是不能持冷静的客观的态度的人，毛病都在把“我”看得太大。他们从“我”这一副着色的望远镜里看世界，一切事物于是都失去它们的本来面目。所谓冷静的客观的态度就是丢开这副望远镜，让“我”跳到圈子以外，不当作世界里有“我”而去看世界，还是把“我”与类似“我”的一切东西同样看待。这是文艺的观世法，也是我所学得的观世法。

我引这段话，一方面说明文艺的活动是冷静，一方面也趁便引出做人也要冷静的道理。我刚才提到丢开“我”去看世界，我们也应该丢开“我”去看“我”。“我”是一个最可宝贵也是最难对付的东西。一个人不能无“我”，无“我”便是无主见，无人格。一个人也不能执“我”，执“我”便是持成见，逞意气，做学问不易精进，做事业也不易成功。佛家主张“无我相”，老子劝告孔子“去子之骄气与多欲”，都是有见于“执我”的错误。“我”既不能无，又不能执，如何才可以调剂安排，恰到好处呢？这需要知识。我们必须彻底认清“我”，才会妥帖地处理“我”。

“知道你自己”，这句名言为一般哲学家公认为希腊人的最高智慧的结晶。世间事物最不容易知道的是你自己，因为要知道你自己，你必须能丢开“我”去看“我”，而事实上有了“我”就不易丢开“我”，许多人都时时为我见所蒙蔽而不自知，人不易自知，犹如有眼不能自见，有力不能自举。你本是一个凡人，你却容易把自己看成一个英雄；你的某一个念头、某一句话、某一种行为本是错误的，因为是你自己所想的、说的、做的，你的主观成见总使你自信它是对的。执迷不悟是人所常犯的过失。中国儒家要除去这个毛病，提倡“自省”的功夫。“自省”就是自己审问自己，丢开“我”去看“我”。一般人眼睛常是朝外看，自省就是把眼光转向里面看。一般能自省的人才能自知。自省所凭藉的是理智，是冷静的客观的科学的头脑。能冷静自省，品格上许多亏缺都可以免除。比如你发愤时，经过一番冷静的自省，你的怒气自然消释，你起了一个不正当的欲念时，经过一番冷静的自省，那个欲念也就冷淡下去，你和人因持异见争执，盛气相凌，你如果能冷静地把所有的论证衡量一下，你自然会发现谁是谁非，如果你自己不对，你须自认错误，如果你自己对，你有理由可以说服人。

从这些例子看，“自省”含有“自制”的功夫在内。一个能自制的人才能自强。能自制便有极大的意志力，有极大的意志力才能认定目标，看清事物条理，征服一切环境的困难，百折不挠以抵于成功。古今英雄豪杰有大过人的地方都在有坚强的意志力，而他们的坚强的意志力的表现往往在自制方面。哲学家如苏格拉底，宗教家如耶稣、释迦牟尼，政治家如诸葛亮、谢安、李泌，都是显著的实例。许多人动辄发火生气，或放僻邪侈，横无忌惮，或暴戾刚愎，恣意孤行，这种人看来像是强悍勇猛，实在最软弱，他们做情感的奴隶，或是卑劣欲望的奴隶，自己尚且不能控制，怎能控制旁人或控制环境呢？这种人大半缺乏冷静，遇事鲁莽灭裂，终必至于偾事。如果军国大政落在这种人的手里，则国家民族变成野心或私欲的孤注，在一喜一怒之间轻轻被断送。今日的德意志和日本不惜涂炭千百万生灵，置全民族命脉于险境，实由于少数掌政权者缺乏冷静的头脑，聊图逞一时的意气与狂妄的野心，如悬崖纵马，一放而不可收拾。这是最好的殷鉴。人类许多不必要的灾祸罪孽都是这种人惹出来的。如果我们从这些事例上想一想，就可以见出一个人或一个民族在失去冷静的理智的态度时所冒的危险。

一个理想的人须是有德有学有才。德与学需要冷静，如上所述，才也不是例外。才是处事的能力。一件事常有许多错综复杂的关系，头脑不冷静的人处之，便如置身五里雾中，觉得需要处理的是一团乱丝，处处是纠纷困难。他不是束手无策，就是考虑不周到，布置不缜密，一个困难未解决，又横生枝节，把事情弄得更糟，冷静的人便能运用科学的眼光，把目前复杂情形全盘一看，看出其中关系条理与轻重要害，在种种可能的办法之中选择一个最合理的，于是一切纠纷困难便如庖丁解牛，迎刃而解。治个人私事如此，治军国大事也是如此，能冷静的人必能谋定后动，动无不成。

一个冷静的人常是立定脚跟，胸有成竹，所以临难遇险，能好整以暇，雍容部署，不至张皇失措。我们中国人对于这种风格向来当作一种美德来欣赏赞叹。孔子在陈过匡，视险若夷，汉高伤胸扪足，史传都传为美谈，后来《世说新语》所载的“雅量”事例尤多，现提举数条来说明本文所谈的冷静：

桓公伏甲设馔，广延朝士，因此欲诛谢安、王坦之。王甚遽，问谢曰：“当作何计？”谢神色不变，谓文度曰：“晋阼存亡在此一行。”相与俱前，王之恐状转见于色，谢之宽容愈表于貌，望阶趋席，方作洛生咏，讽“浩浩洪流”。桓惮其旷远，乃趣解兵。王谢旧齐名，于此始判优劣。

谢太傅盘桓东山，时与孙兴公诸人泛海戏。风起浪涌，孙王诸人色并遽，便唱使还。太傅神情方王，吟啸不言。舟人以公貌闲意说，犹去不止。既风转急浪猛，诸人皆喧动不坐。公徐云：“如此，将无归。”众人即承响而回，于是审其量，足以镇定朝野。

王子猷子敬曾俱坐一室，上忽发火。子猷遽走避，不遑取屐；子敬神色恬然，徐唤左右扶凭而出，不异平常。世以此定二王神宇。

这些都是冷静态度的最好实例。这种“雅量”所以难能可贵，因为它是整个人格的表现，需要深厚的修养。有这种雅量的人才能担当大事，因为他豁达、清醒、沉着，不易受困难摇动，在危急中仍可想出办法。

冷静并不如庄子所说的“形如槁木，心如死灰”，但是像他所说的游鱼从容自乐。禅家最好做冷静的功夫，他们的胜境却不在坐禅而在禅机。这“机”字最妙。宇宙间许多至理妙谛，寄寓于极平常微细的事物中，往往被粗心浮气的人们忽略过，陈同甫所以有“恨芳菲世界，游人未赏，都付与莺和燕”的嗟叹。冷静的人才能静观，才能发现“万物皆自得”。孔子引《诗经》“鸢飞戾天，鱼跃于渊”二句而加以评释说;“言其上下察也。”这“察”字下得极好，能“察”便能处处发现生机，吸收生机，觉得人生有无穷乐趣。世间人的毛病只是习焉不察，所以生活枯燥，日流于卑鄙污浊。“察”就是“静观”，美学家所说的“观照”，它的唯一条件是冷静超脱。哲学家和科学家所做的功夫在这“察”字上，诗人和艺术家所做的功夫也还在这“察”字上。尼采所说的日神阿波罗也是时常在“察”。人在冷静时静观默察，处处触机生悟，便是“地行仙”。有这种修养的人才有极丰富的生机和极厚实的力量!

宁静以致远

人须有生趣才能有生机。生趣是在生活中所领略得的快乐，生机是生活发扬所需要的力量。所谓“宁静以致远”就包含生趣和生机两个要素在内，宁静才能有丰富的生趣和生机。

谈读书

好书不厌百回读，
熟读深思子自知。

十几年前我曾经写过一篇短文谈读书，这问题实在是谈不尽，而且这些年来我的见解也有些变迁，现在再就这问题谈一回，趁便把上次谈学问有未尽的话略加补充。

学问不只是读书，而读书究竟是学问的一个重要途径。因为学问不仅是个人的事而是全人类的事，每科学问到了现在的阶段，是全人类分途努力日积月累所得到的成就，而这成就还没有淹没，就全靠有书籍记载流传下来。书籍是过去人类的精神遗产的宝库，也可以说是人类文化学术前进轨迹上的记程碑。我们就现阶段的文化学术求前进，必定根据过去人类已得的成就做出发点。如果抹煞过去人类已得的成就，我们说不定要把出发点移回到几百年前甚至几千年前，纵然能前进，也还是开倒车落伍。读书是要清算过去人类成就的总账，把几千年的人类思想经验在短促的几十年内重温一遍，把过去无数亿万人辛苦获来的知识教训集中到读者一个人身上去受用。有了这种准备，一个人总能在学问途程上作万里长征，去发现新的世界。

历史愈前进，人类的精神遗产愈丰富，书籍愈浩繁，而读书也就愈不易。书籍固然可贵，却也是一种累赘，可以变成研究学问的障碍。它至少有两大流弊。第一，书多易使读者不专精。我国古代学者因书籍难得，皓首穷年才能治一经，书虽读得少，读一部却就是一部，口诵心惟，咀嚼得烂熟，透入身心，变成一种精神的原动力，一生受用不尽。现在书籍易得，一个青年学者就可夸口曾过目万卷，“过目”的虽多，“留心”的却少，譬如饮食，不消化的东西积得愈多，愈易酿成肠胃病，许多浮浅虚骄的习气都由耳食肤受所养成。其次，书多易使读者迷方向。任何一种学问的书籍现在都可装满一图书馆，其中真正绝对不可不读的基本著作往往不过数十部甚至于数部。许多初学者贪多而不务得，在无足轻重的书籍上浪费时间与精力，就不免把基本要籍耽搁了，比如学哲学者尽管看过无数种的哲学史和哲学概论，却没有看过一种柏拉图的《对话集》，学经济学者尽管读过无数种的教科书，却没有看过亚当·斯密的《原富》。做学问如作战，须攻坚挫锐，占住要塞。目标太多了，掩埋了坚锐所在，只东打一拳，西踏一脚，就成了“消耗战”。

读书并不在多，最重要的是选得精，读得彻底。与其读十部无关轻重的书，不如以读十部书的时间和精力去读一部真正值得读的书：与其十部书都只能泛览一遍，不如取一部书精读十遍。“好书不厌百回读，熟读深思子自知”，这两句诗值得每个读书人悬为座右铭。读书原为自己受用，多读不能算是荣誉，少读也不能算是羞耻。少读如果彻底，必能养成深思熟虑的习惯，涵泳优游，以至于变化气质，多读而不求甚解，则如驰骋十里洋场，虽珍奇满目，徒惹得心花意乱，空手而归。世间许多人读书只为装点门面，如暴发户炫耀家私，以多为贵。这在治学方面是自欺欺人，在做人方面是趣味低劣。

读的书当分种类，一种是为获得现世界公民所必需的常识，一种是为做专门学问。为获常识起见，目前一般中学和大学初年级的课程，如果认真学习，也就很够用。所谓认真学习，熟读讲义课本并不济事，每科必须精选要籍三五种来仔细玩索一番。常识课程总共不过十数种，每种选读要籍三五种，总计应读的书也不过五十部左右。这不能算是过奢的要求。一般读书人所读过的书大半不止此数，他们不能得实益，是因为他们没有选择，而阅读时又只潦草滑过。

常识不但是现世界公民所必需，就是专门学者也不能缺少它。近代科学分野严密，治一科学问者多固步自封，以专门为藉口，对其他相关学问毫不过问。这对于分工研究或许是必要，而对于淹通深造却是牺牲。宇宙本为有机体，其中事理彼此息息相关，牵其一即动其余，所以研究事理的种种学问在表面上虽可分别，在实际上却不能割开。世间绝没有一科孤立绝缘的学问。比如政治学须牵涉到历史、经济、法律、哲学、心理学以至于外交、军事等等，如果一个人对于这些相关学问未曾问津，入手就要专门习政治学，愈前进必愈感困难，如老鼠钻牛角，愈钻愈窄，寻不着出路。其他学问也大抵如此，不能通就不能专，不能博就不能约。先博学而后守约，这是治任何学问所必守的程序。我们只看学术史，凡是在某一科学问上有大成就的人，都必定于许多它科学问有深广的基础。目前我国一般青年学子动辄喜言专门，以至于许多专门学者对于极基本的学科毫无常识，这种风气也许是在国外大学做博士论文的先生们所酿成的。它影响到我们的大学课程，许多学系所设的科目"专"到不近情理，在外国大学研究院里也不一定有。这好像逼吃奶的小孩去嚼肉骨，岂不是误人子弟？

有些人读书，全凭自己的兴趣。今天遇到一部有趣的书就把预拟做的事丢开，用全副精力去读它，明天遇到另一部有趣的书，仍是如此办，虽然这两书在性质上毫不相关。一年之中可以时而习天文，时而研究蜜蜂，时而读莎士比亚。在旁人认为重要而自己不感兴味的书都一概置之不理。这种读法有如打游击，亦如蜜蜂采蜜。它的好处在使读书成为乐事，对于一时兴到的著作可以深入，久而久之，可以养成一种不平凡的思路与胸襟。它的坏处在使读者泛滥而无所归宿，缺乏专门研究所必需的"经院式"的系统训练，产生畸形的发展，对于某一方面知识过于重视，对于另一方面知识可以很蒙昧。我的朋友中有专门读冷僻书籍，对于正经正史从未过问的，他在文学上虽有造就，但不能算是专门学者。如果一个人有时间与精力允许他过享乐主义的生活，不把读书当作工作而只当作消遣，这种蜜蜂采蜜式的读书法原亦未尝不可采用。但是一个人如果抱有成就一种学问的志愿，他就不能不有预定计划与系统。对于他，读书不仅是追求兴趣，尤其是一种训练，一种准备。有些有趣的书他须得牺牲，也有些初看很干燥的书他必须咬定牙关去硬啃，啃久了他自然还可以啃出滋味来。

读书必须有一个中心去维持兴趣，或是科目，或是问题。以科目为中心时，就要精选那一科要籍，一部一部地从头读到尾，以求对于该科得到一个赅括的了解，作进一步作高深研究的准备。读文学作品以作家为中心，读史学作品以时代为中心，也属于这一类。以问题为中心时，心中先须有一个待研究的问题，然后采关于这问题的书籍去读，用意在搜集材料和诸家对于这问题的意见，以供自己权衡去取，推求结论。重要的书仍须全看，其余的这里看一章，那里看一节，得到所要搜集的材料就可以丢手。这是一般做研究工作者所常用的方法，对于初学不相宜。不过初学者以科目为中心时，仍可约略采取以问题为中心的微意。一书作几遍看，每一遍只着重某一方面。苏东坡与王郎书曾谈到这个方法：

少年为学者，每一书皆作数次读之。当如入海百货皆有，人之精力不能并收尽取，但得其所欲求者耳。故愿学者每一次作一意求之，如欲求古今兴亡治乱圣贤作用，且只作此意求之，勿生余念；又别作一次求事迹文物之类，亦如之。他皆仿此。若学成，八面受敌，与涉猎者不可同日而语。

朱子尝劝他的门人采用这个方法。它是精读的一个要诀，可以养成仔细分析的习惯。举看小说为例，第一次但求故事结构，第二次但注意人物描写，第三次但求人物与故事的穿插，以至于对话、辞藻、社会背景、人生态度等等都可如此逐次研求。

读书要有中心，有中心才易有系统组织。比如看史书，假定注意的中心是教育与政治的关系，则全书中所有关于这问题的史实都被这中心联系起来，自成一个系统。以后读其他书籍如经子专集之类，自然也常遇着关于政教关系的事实与理论，它们也自然归到从前看史书时所形成的那个系统了。一个人心里可以同时有许多系统中心，如一部字典有许多“部首”，每得一条新知识，就会依物以类聚的原则，汇归到它的性质相近的系统里去，就如拈新字贴进字典里去，是人旁的字都归到人部，是水旁的字都归到水部。大凡零星片断的知识，不但易忘，而且无用。每次所得的新知识必须与旧有的知识联络贯串，这就是说，必须围绕一个中心归聚到一个系统里去，才会生根，才会开花结果。

记忆力有它的限度，要把读过的书所形成的知识系统，原本枝叶都放在脑里储藏起，在事实上往往不可能。如果不能储藏，过目即忘，则读亦等于不读。我们必须于脑以外另辟储藏室，把脑所储藏不尽的都移到那里去。这种储藏室在从前是笔记，在现代是卡片。记笔记和做卡片有如植物学家采集标本，须分门别类订成目录，采得一件就归入某一门某一类，时间过久了，采集的东西虽极多，却各有班位，条理井然。这是一个极合乎科学的办法，它不但可以节省脑力，储有用的材料，供将来的需要，还可以增强思想的条理化与系统化。预备做研究工作的人对于记笔记做卡片的训练，宜于早下功夫。

谈交友

与善人交，如入芝兰之室，久而不闻其香；与恶人交，如入鲍鱼之市，久而不闻其臭。

人生的快乐有一大半要建筑在人与人的关系上面。只要人与人的关系调处得好，生活没有不快乐的。许多人感觉生活苦恼，原因大半在没有把人与人的关系调处适宜。这人与人的关系在我国向称为“人伦”。在人伦中先儒指出五个最重要的，就是君臣、父子、夫妇、兄弟、朋友。这五伦之中，父子、夫妇、兄弟起于家庭，君臣和朋友起于国家社会。先儒谈伦理修养，大半在五伦上做功夫，以为五伦上面如果无亏缺，个人修养固然到了极境，家庭和国家社会也就自然稳固了。五伦之中，朋友一伦的地位很特别，它不像其他四伦都有法律的基础，它起于自由的结合，没有法律的力量维系它或是限定它，它的唯一的基础是友爱与信义。但是它的重要性并不因此减少。如果我们把人与人中间的好感称为友谊，则无论是君臣、父子、夫妇或是兄弟之中，都绝对不能没有友谊。就字源说，在中西文里“友”字都含有“爱”的意义。无爱不成友，无爱也不成君臣、父子、夫妇或兄弟。换句话说，无论哪一伦，都非有朋友的要素不可，朋友是一切人伦的基础。懂得处友，就懂得处人，懂得处人，就懂得做人。一个人在处友方面如果有亏缺，他的生活不但不能是快乐的，而且也决不能是善的。

谁都知道，有真正的好朋友是人生一件乐事。人是社会的动物，生来就有同情心，生来也就需要同情心。读一篇好诗文，看一片好风景，没有一个人在身旁可以告诉他说：“这真好呀！”心里就觉得美中有不足。遇到一件大喜事，没有人和你同喜，你的欢喜就要减少七八分，遇到一件大灾难，没有人和你同悲，你的悲痛就增加七八分；孤零零的一个人不能唱歌，不能说笑话，不能打球，不能跳舞，不能闹架拌嘴，总之，什么开心的事也不能做。世界最酷毒的刑罚要算幽禁和充军，逼得你和你所常接近的人们分开，让你尝无亲无友那种孤寂的风味。人必须接近人，你如果不信，请你闭关独居十天半个月，再走到十字街头在人群中挤一挤，你心里会感到说不出来的快慰，仿佛过了一次大瘾，虽然街上那些行人在平时没有一个让你瞧得上眼。人是一种怪物，自己是一个人，却要显得瞧不起人，要孤高自赏，要闭门谢客，要把心里所想的看成神妙不可言说，“不可与俗人道”，其实隐意识里面唯恐人不注意自己，不知道自己，不赞赏自己。世间最欢喜守秘密的人往往也是最不能守秘密的人。他们对你说：

“我告诉你，你却不要告诉人。”他不能不告诉你，却忘记你也不能不告诉人。这所谓“不能”实在出于天性中一种极大的压迫力。人需要朋友，如同人需要泄露秘密，都由于天性中一种压迫力在驱遣。它是一种精神上的饥渴，不满足就可以威胁到生命的健全。

谁也都知道，朋友对于性格形成的影响非常重大。一个人的好坏，朋友熏染的力量要居大半。既看重一个人把他当作真心朋友，他就变成一种受崇拜的英雄，他的一言一笑、一举一动都在有意无意之间变成自己的模范，他的性格就逐渐有几分变成自己的性格。同时，他也变成自己的裁判者，自己的一言一笑、一举一动，都要顾到他的赞许或非难。一个人可以蔑视一切人的毁誉，却不能不求见谅于知己。每个人身旁有一个“圈子”，这圈子就是他所尝亲近的人围成的，他跳来跳去，尝跳不出这圈子。在某一种圈子就成为某一种人。圣贤有道，盗亦有道。隔着圈子相视，尧可非桀，桀亦可非尧。究竟谁是谁非，责任往往不在个人而在他所在的圈子。古人说：“与善人交，如入芝兰之室，久而不闻其香；与恶人交，如入鲍鱼之市，久而不闻其臭。”久闻之后，香可以变成寻常，臭也可以变成寻常，而习安之，就不觉其为香为臭。一个人应该谨慎择友，择他所在的圈子，道理就在此。人是善于模仿的，模仿品的好坏，全看模型的好坏，有如素丝，染于青则青，染于黄则黄。“告诉我谁是你的朋友，我就知道你是怎样的一种人。”这句西谚确实是经验之谈。《学记》论教育，一则曰：“七年视论学取友。”再则曰：“相观而善之谓摩。”从孔孟以来，中国士林向奉尊师敬友为立身治学的要道。这都是深有见于朋友的影响重大。师弟向不列于五伦，实包括于朋友一伦里面，师与友是不能分开的。

许叔重《说文解字》谓“同志为友”。就大体说，交友的原则是“同声相应，同气相求”。但是绝对相同在理论与事实都是不可能。“人心不同，各如其面。”这不同亦正有它的作用。朋友的乐趣在相同中容易见出，朋友的益处却往往在相异处才能得到。古人尝拿“如切如磋，如琢如磨”来譬喻朋友的交互影响。这譬喻实在是很恰当。玉石有瑕疵棱角，用一种器具来切磋琢磨它，它才能圆融光润，才能“成器”。人的性格也难免有瑕疵棱角，如私心、成见、骄矜、暴躁、愚昧、顽恶之类，要多受切磋琢磨，才能洗刷净尽，达到玉润珠圆的境界。朋友便是切磋琢磨的利器，与自己愈不同，摩擦愈多，切磋琢磨的影响也就愈大。这影响在学问思想方面最容易见出。一个人多和异己的朋友讨论，会逐渐发现自己的学说不圆满处，对方的学说有可取处，逼得不得不作进一层的思考，这样地对于学问才能逐渐鞭辟入里。在朋友互相切磋中，一方面被“磨”，一方面也在受滋养。一个人被“磨”的方面愈多，吸收外来的滋养也就愈丰富。孔子论益友，所以特重直谅多闻。一个不能有诤友的人永远是愚而好自用，在道德学问上都不会有很大的成就。

好朋友在我国语文里向来叫作“知心”或“知己”，“知交”也是一个习用的名词，这个语言的习惯颇含有深长的意味。

从心理学观点看，求见知于人是一种社会本能，有这本能，人与人才可免除隔阂，打成一片，社会才能成立。它是社会生命所藉以维持的，犹如食色本能是个人与种族生命所藉以维持的，所以它与食色本能同样强烈。古人尝以一死报知己，钟子期死后，伯牙不复鼓琴。这种行为在一般人看近似于过激，其实是由于极强烈的社会本能在驱遣。其次，从伦理哲学观点看，知人是处人的基础，而知人却极不易，因为深刻的了解必基于深刻的同情。深刻的同情只在真挚的朋友中才常发现，对于一个人有深交，你才能真正知道他。了解与同情是互为因果的，你对于一个人愈同情，就愈能了解他；你愈了解他，也就愈同情他。法国人有一句成语说："了解一切，就是宽容一切。"（tout comprendre，c'est tout pardonner.）这句话说来像很容易，却是人生的最高智慧，需要极伟大的胸襟才能做到。古今有这种胸襟的只有几个大宗教家，像释迦牟尼和耶稣，有这种胸襟才能谈到大慈大悲，没有它，任何宗教都没有灵魂。修养这种胸襟的捷径是多与人做真正的好朋友，多与人推心置腹，从对于一部分人得到深刻的了解，做到对于一般人类起深厚的同情。从这方面看，交友的范围宜稍广泛，各种人都有最好，不必限于自己同行同趣味的。蒙田在他的论文里提出一个很奇怪主张，以为一个人只能有一个真正的朋友，我对这主张很怀疑。

交友是一件寻常事，人人都有朋友，交友却也不是一件易事，很少人有真正的朋友。势利之交固容易破裂，就是道义之交也有时不免闹意气之争。王安石与司马光、苏轼、程颛诸人在政治和学术上的侵轧便是好例。他们个个都是好人，彼此互有相当的友谊，而结果闹成和世俗人一般的翻云覆雨。交道之难，从此可见。从前人谈交道的话说得很多。例如“朋友有信”“久而敬之”，“君子之交淡如水”，视朋友须如自己，要急难相助，须知护友之短，像孔子不假盖于悭吝朋友，要劝善规过，但“不可则止，无自辱焉”。这些话都是说起来颇容易，做起来颇难。许多人都懂得这些道理，但是很少人真正会和人做朋友。

孔子尝劝人“无友不如己者”，这话使我很彷徨不安。你不如我，我不和你做朋友，要我和你做朋友，就要你胜似我，这样我才能得益。但是这算盘我会打你也就会打，如果你也这么说，你我之间不就没有做朋友的可能么？柏拉图写过一篇谈友谊的对话，另有一番奇妙议论。依他看，善人无须有朋友，恶人不能有朋友，善恶混杂的人才或许需要善人为友来消除他的恶，恶去了，友的需要也就随之消灭。这话显然与孔子的话有些抵牾。谁是谁非，我至今不能断定，但是我因此想到朋友之中，人我的比较是一个重要问题，而这问题又和善恶问题密切相关。我从前研究美学上的欣赏与创造问题，得到一个和常识不相通的结论，就是：欣赏与创造根本难分，每人所欣赏的世界就是每人所创造的世界，就是他自己的情趣和性格的返照，你在世界中能“取”多少，就看你在你的性灵中能提出多少“与”它，物与我之中有一种生命的交流，深人所见于物者深，浅人所见于物者浅。现在我思索这比较实际的交友问题，觉得它与欣赏艺术自然的道理颇可暗合默契。你自己是什样的人，就会得到什样的朋友。人类心灵尝交感回流。你拿一分真心待人，人也就拿一分真心待你，你所“取”如何，就看你所“与”如何。“爱人者人恒爱之，敬人者人恒敬之。”人不爱你敬你，就显得你自己有损缺。你不必责人，先须返求诸己。不但在情感方面如此，在性格方面也都是如此。友必同心，所谓“心”是指性灵同在一个水准上。如果你我在性灵上有高低，我高就须感化你，把你提高到同样水准，你高也是如此，否则友谊就难成立。朋友往往是测量自己的一种最精确的尺度。你自己如果不是一个好朋友，就决不能希望得到一个好朋友。要是好朋友，自己须先是一个好人。我很相信柏拉图的“恶人不能有朋友”的那一句话。恶人可以做好朋友时，他在他方面尽管是坏，在能为好朋友一点上就可证明他还有人性，还不是一个绝对的恶人。说来说去，“同声相应，同气相求”那句老话还是对的，何以交友的道理在此，如何交友的方法也在此。交友和一般行为一样，我们应该常牢记在心的是“责己宜严，责人宜宽”。

谈性爱问题

一代过去了，就有另一代继着来，生生不息，不主故常，所以变化无端，生发无穷。

这问题的重要性是无可否认的。圣人说得好：“饮食男女，人之大欲存焉。”许多人的活动和企图，仔细分析起来，多少都与这两种基本的生活要求有直接或间接的关系。整个的人类文化动态也大半围着这两个轴心旋转。单提男女关系来说，没有它，世间就要少去许多纠纷，文艺就要少去一个重要的母题，社会必是另样，历史也必是另样。但是许多人对这样重要的问题偏爱扮面孔，不肯拿它来郑重地谈、郑重地想。已往少数哲学家如卢梭、康德、斯宾诺莎诸人对这问题所发表的议论，依叔本华看，都很肤浅。至于一般人的观念更不免为迷信、偏见和伪善所混乱。许多负教养之责的父母和师长对这问题简直有些畏惧，讳莫如深，仿佛以为男女关系生来是与淫秽相连的，青年人千万沾染不得，最好把他们蒙蔽住。其实你愈不使他们沾染而他们偏愈爱沾染；对这重要问题你想他们安于愚昧，他们就须得偿付愚昧的代价。

从生物学的观点看，这问题本很简单。有生之伦执着最牢固的是生命，最强烈的本能是叔本华所说的生命意志。首先是个体生命。我们挣扎、营求、竭力劳心，都无非是要个体生命在物质方面得到维持、发展、安全、舒适；在精神方面得到真善美诸价值所给的快慰。一切活动的最终目的都在“谋生”。但是个体生命是不能永久执着的，生的尽头都是死。长生不但是一个不能实现的理想，而且也不是一个好理想。你试想：从开天辟地到世界末日，假如老是一代人在活着，世界不就成为一池死水？一代过去了，就有另一代继着来，生生不息，不主故常，所以变化无端，生发无穷。这是造化的巧妙安排。懂得这巧妙，我们就明白种族不朽何以胜似个体长生，种族生命何以重于个体生命，种族生命意志何以强于个体生命意志。男女相悦，说来说去，只是种族生命意志的表现。种族生命意志就是一般人所谓“性欲”。“爱”是一个较好听的名词，凡是男女间的爱都不免带有性欲成分。你尽管相信你的爱是“纯洁的”、“心灵的”、“精神的”，骨子里都是无数亿万年遗传下来的那一点性的冲动在作祟，你要与你所爱的人配合，你要传种。你不敢承认这点，因为你的老祖宗除了遗传给你这一点性的冲动以外，还遗传给你一些相反的力量——关于性爱的“特怖”（taboo），你的脑筋里装满着性爱性交是淫秽的、可羞的、不道德的之类观念。其实，你须得知道：假如这一点性的冲动被阉割了，人道就会灭绝。人除着爱上帝以外，没有另一种心灵活动，比男人爱女人或女人爱男人那一点热忱，更值得叫作“神圣”，因为那是对于“不朽”的希求，是要把人人所宝贵的生命继续不断地绵延下去。

传种的要求驱遣着两性相爱，这是人与禽兽所公同的。但是有两个因素使性爱问题在人类社会中由简单变为很复杂。

第一个因素是社会的。社会所赖以维持的是伦理、宗教、法律和风俗习惯所酿成的礼法，“男女居室，人之大伦”，没有礼法更不足以维持。关于男女关系的礼法大约起于下列两种：第一是防止争端。性欲是最强烈的本能，而性欲的对象虽有选择，却无限制。一个人可以有许多对象，而许多人也可以同有一个对象。男爱女或不爱，女爱男或不爱。假如一个人让自己的性欲做主，不受任何制裁，“争风”和“逼奸”之类事态就会把社会的秩序弄得天翻地覆。因此每个社会对于男女交接和婚姻都有一套成文和不成文的法典。例如一夫一妻，凭媒嫁娶，尊重贞操，惩处奸淫之类。其次是划清责任。恋爱的正常归宿是婚姻，婚姻的正常归宿是生儿养女，成立家庭。有了家庭就有家庭的责任。生活要维持，子女要教养。性的冲动是飘忽游离的，常要求新花样与新口胃，而家庭责任却需要夫妻固定拘守，“一与之齐，终身不改”。假如一个人随意杂交，随意生儿养女，欲望满足了，就丢开配偶儿女而别开生面，他所丢下来的责任给谁负担呢？在以家庭为中心的社会，这种不负责的行为是不能不受裁制的。世界也有人梦想废除家庭的乌托邦，在那里面男女关系有绝对的自由，但是这恐怕永远是梦想，男女配合的最终目的原来就在生养子女，不在快一时之意：家庭是种族蔓延所必需的暖室，为了快一时之意而忘了那快意行为的最终目的，破坏达到那目的的最适宜的路径，那是违反自然的铁律。

因为上述两种社会的力量，人类两性配合不能全凭性欲指使，取杂交方式。他一方面须满足自然需要，一方面也要满足社会需要。自然需要倾向于自由发泄，社会需要却倾向于防闲节制。这种防闲节制对于个体有时不免是痛苦，但就全局着想，有健康的社会生命才能保障个体生命与种族生命。性欲要求原来在绵延种族生命，到了它危害到种族生命所藉以保障的社会生命时，它就失去了本来作用，于理是应受制止的。这道理本很浅显，许多人却没有认清，感到社会的防闲节制不方便，便骂“礼教吃人”。极端的个人主义常是极端的自私主义，这是一端。同时，我们自然也须承认社会的防闲节制的方式也有失去它的本来作用的时候。社会常在变迁，甲型社会的礼法不一定适用于乙型社会，一个社会已经由甲型变到乙型时，甲型的礼法往往本着习惯的惰性留存在乙型社会里，有如盲肠，不但无用，甚至发炎生病。原始社会所遗留下来的关于性的“特怖”，如“男女授受不亲”、“女子出门必拥蔽其面”、“望门守节”、孕妇产妇不洁净带灾星之类，在现代已如盲肠，都很显然。

第二个使人类两性问题变复杂的因素是心理的。从个体方面看，异性的寻求、结合、生育都是消耗与牺牲，自私是人类天性，纯粹是消耗牺牲的事是很少有人肯干的。于此造化又有一个很巧妙的安排，使这消耗与牺牲的事带有极大的快感。人们追求异性，骨子里本为传种，而表面上却现得为自己求欲望的满足。恋爱的人们，像叔本华所说的，常在“错觉”（illusion）里过活。当其未达目的时，仿佛世间没有比这更快意的事，到了种子播出去了，回思虽了无余味，而性欲的驱遣却不因此而灭杀其热力，还是源源涌现，挟着排山倒海的力量东奔西窜。它的遭遇有顺有逆，有常有变，纵横流转中与其他事物发生关系复杂微妙至不可想象，而身当其冲者的心理变迁也随之幻化无端。近代有几个著名学者如韦斯特·马克（West Maik）、埃利斯（H. Ellis）、弗洛伊德（Freud）诸人对性爱心理所发表的著作几至汗牛充栋。在这篇短文里我们无法把许多光怪陆离的现象都描绘出来，只能略举数端，以示梗概。

男女相爱与审美意识有密切关系，这是尽人皆知的。我们在这里所指的倒不在男爱女美、女爱男美那一点，因为那很明显，无用申述。我们所指的是相爱相交那事情本身的艺术化。人为万物之灵，虽处处受自然需要驱遣，却时时要超过自然需要而做自由活动，较高尚的企图如文艺、宗教、哲学之类多起于此。举个浅例来说，盛水用壶是一种自然需要，可是人不以此为足，却费心力去求壶的美观。美观非实用所必需，却是心灵自由伸展所不可无。人在男女关系方面也是如此。男女间事，如果止于禽兽的阶层上，那是极平凡而粗浅的。只须看鸡犬，在交合的那一顷刻间它们服从性欲的驱遣，有如奴隶服从主子之恭顺，其不可逃免性有如命运之坚强，它们简直不是自己的主宰，一股冲动来，就如悬崖纵马，一冲而下，毫不绕弯子，也毫不讲体面。人要把这件自然需要所逼迫的事弄得比较“体面”些，不那样脱皮露骨，于是有许多遮盖，有许多粉饰，有许多作态弄影，旁敲侧击，男女交际间的礼仪和技巧大半是粗俗事情的文雅化，做得太过分了，固不免带着许多虚伪与欺诈；做得恰到好处时，却可以娱目赏心。

实用需要壶盛水，审美意识进一步要求壶的美观，美观与实用在此仍并行不悖。再进一步，壶可以放弃它的实用而成为古董、纯粹的艺术品；如果拿它来盛水，就不免杀风景，男女的爱也有同样的演进。在动物阶层，它只是为生殖传种一个实用目的，继之它成为一种带有艺术性的活动，再进一步它就成为一种纯粹的艺术，徒供赏玩。爱于是与性欲在表面上分为两事，许多人只是“为爱而爱”，就只在爱的本身那一点快乐上流连体会，否认爱还有借肉体结合而传种那一个肮脏的作用。爱于是成为“柏拉图式的”、纯洁的、心灵的、神圣的，至于性欲活动则被视为肉体的、淫秽的、可羞的、尘俗的。这观念的形成始于耶稣教的重灵轻肉，终于十九世纪浪漫派文艺的“恋爱至上”观。这种灵爱与肉爱的分别引起好些人的自尊心，激励成好些思想、文艺和事业上的成就；同时，它也使好些人变成疯狂，养成好些不康健的心理习惯。说得好听一点，它起于性爱的净化或“升华”；说得不好听一点，它是替一件极尘俗的事情挂上一个极高尚的幌子，“金玉其外，败絮其中”。

从这一点，我们可以看出人心怎样爱绕弯子，爱歪曲自然。近代变态心理学所供给的实例更多。它的起因，像弗洛伊德所说的，是自然与文化、性欲冲动与社会道德习俗的冲突。性欲冲动极力伸展，社会势力极力压抑。这冲突如果不得到正常的调整，性欲冲动就不免由意识域压抑到潜意识域，虽是囚禁在那黑狱里，却仍跃跃欲试，冀图破关脱狱。为着要逃避意识的检查，取种种化装。许多寻常行动，如做梦、说笑话、创作文艺、崇拜偶像、虐待弱小，以至于吮指头、露大腿之类，在变态心理学家看，都可以是性欲化装的表现。性欲是一种强大的力量，有如奔流，须有所倾泻，正常的方式是倾泻于异性对象；得不到正常对象倾泻时，它或是决堤而泛滥横流，酿成种种精神病症；或是改道旁驰，起升华作用而致力于宗教、文艺、学术或事功。因此，人类活动——无论是个体的或社会的——几乎没有一件不可以在有形无形之中与性爱发生心理上的关联。

这里所说的只是一个极粗浅的梗概，从这种粗浅的梗概中我们已可以见出人类两性关系问题如何复杂。要得到一个健康的性道德观，我们需要近代科学所供给的关于性爱的各方面知识，一种性知识的启蒙运动。我们一不能如道德学家和清教徒一味抹煞人性，对于性的活动施以过分严厉的裁制，原始时代的“特怖”更没有保留的必要；二不能如浪漫派文艺作者满口讴歌“恋爱至上”，把一件寻常事情捧到九霄云外，使一般神经质软弱的人们悬过高的希望，追攀不到，就陷于失望悲观；三不能把恋爱婚姻完全看成个人的私行，与社会国家无关，任它绝对自由，绝对放纵。依我个人的主张，男女间事是一件极家常极平凡的事，我们须以写实的态度和生物学的眼光去看它，不必把它看成神奇奥妙，也不必把它看成淫秽邪僻。我们每个人天生有传种的机能、义务与权利。我们寻求异性，是要尽每个人都应尽的责任。一对男女成立恋爱或婚姻的关系时，只要不妨害社会秩序的合理要求，我们就用不着大惊小怪。这句话中的插句极重要：社会不能没有裁制，而社会的裁制也必须合理。社会的合理裁制是指上文所说的防止争端和划清责任。争婚、逼婚、乱伦、患传染病结婚，结婚而放弃结婚的责任，这些便是法律所应禁止的。除了这几项以外，社会如果再多嘴多舌，说这样是伤风，那样是败俗，这样是淫秽，那样是奸邪，那就要在许多人的心理上起不必要的压抑作用，酿成精神的变态，并且也引起许多人阳奉阴违，面子上仁义道德，骨子里男盗女娼。在人生各方面，正常的生活才是健康的生活，在男女关系方面，正常的路径是由恋爱而结婚，由结婚而生儿养女，把前一代的责任移交给后一代，使种族“于万斯年”地绵延下去。传种以外，结婚者的个人幸福也不应一笔勾销。结婚和成立家庭应该是一件快乐的事，人们就应该在里面希冀快乐，且努力产生快乐。到了夫妻实在不能相容而家庭无幸福可言时，在划清责任的条件之下离婚是道德与法律都应该允许而且提倡的。

谈休息

人须有生趣才能有生机。生趣是在生活中所领略得的快乐，生机是生活发扬所需要的力量。所谓“宁静以致远”就包含生趣和生机两个要素在内，宁静才能有丰富的生趣和生机。

在世界各民族中，我们中国人要算是最能刻苦耐劳的。第一是农人。他们日出而作，日入而息，不分阴晴冷暖，总是硬着头皮，流着血汗，忙个不休。一年之中，他们最多只能在过年过节时歇上三五天，你如果住在乡下，常看他们在炎天烈日下车水拔草，挑重担推重车上高坡，或是拉牵绳拖重载船上急滩，你对他们会起敬心也会起怜悯心，觉得他们虽是人，却在做牛马的工作，过牛马的生活。读书人比较算是有闲阶级，但在未飞黄腾达以前，也要经过一番艰苦的奋斗。从前私塾学生从天亮到半夜，都有规定的课程，休息对于他们是一个稀奇的名词。小学生们只有在先生打瞌睡时偷耍一阵，万一先生不打瞌睡，就只有找借口逃学。从前读书人误会“自强不息”的意思，以为“不息”就是不要休息。

十年不下楼、十年不窥园、囊萤刺股、发愤忘食之类的故事在读书人中传为美谈，奉为模范。近代学校教育比从前私塾教育似乎也并不轻松多少。从小学以至大学，功课都太繁重，每日除上六七小时课外还要看课本做练习。世界各国学校上课钟点之多，假期之短少，似没有比得上我们的。

这种刻苦耐劳的精神原可佩服，但是对于身心两方的修养却是极大的危害。最刻苦耐劳的是我们中国人，体格最羸弱而工作最不讲效率的也是我们中国人。这中间似不无密切关系。我们对于休息的重要性太缺乏彻底的认识了。它看来虽似小问题，却为全民族的生命力所关，不能不提出一谈。

自然界事物都有一个节奏。脉搏一起一伏，呼吸一进一出，筋肉一张一弛，以至日夜的更替，寒暑的来往，都有一个劳动和休息的道理在内。草木和虫豸在冬天要枯要眠，土壤耕种了几年之后须休息，连机器输电灯线也不能昼夜不息地工作。世间没有一件事物能在一个状态维持到久远的，生命就是变化，而变化都有一起一伏的节奏。跳高者为着要跳得高，先蹲着很低；演戏者为着造成一个紧张的局面，先来一个轻描淡写；用兵者守如处女，才能出如脱兔；唱歌者为着要拖长一个高音，先须深深地吸一口气。事例是不胜枚举的。世间固然有些事可以违拗自然去勉强，但是勉强也有它的限度。人的力量，无论是属于身或属于心的，到用过了限度时，必定是由疲劳而衰竭，由衰竭而毁灭。譬如弓弦，老是尽量地拉满不放松，结果必定是裂断。我们中国人的生活常像满引的弓弦，只图张的速效，不顾弛的蓄力，所以常在身心具惫的状态中。

一般人以为多延长工作的时间就可以多收些效果，比如说，一天能走一百里路，多走一天，就可以多走一百里路，如此天天走着不歇，无论走得多久，都可以维持一百里的速度。凡是走过长路的人都知道算盘打得不很精确，走久了不歇，必定愈走愈慢，以至完全走不动。我们走路的秘诀，“不怕慢，只怕站”，实在只是片面的真理。永远站着固然不行，永远不站也不一定能走得远，不站就须得慢，慢有时延误事机；而偶尔站站却不至于慢，站后再走是加速度的唯一办法。我们中国人做事的通病就在怕站而不怕慢，慢条斯理地不死不活地望前挨，说不做而做着并没有歇，说做却并没有做出什么名色来。许多事就这样因循耽误了。我们只讲工作而不讲效率，在现代社会中，不讲效率，就要落后。西方各国都把效率看作一个迫切的问题，心理学家对这问题做了无数的实验，所得的结论是以同样时间去做同样工作，有休息的比没有休息的效率大得多。比如说，一长页的算学加法习题，继续不断地去做要费两点钟，如果先做五十分钟，继以二十分钟的休息，再做五十分钟，也还可以做完，时间上无损失而错误却较少。西方新式工厂大半都已应用这个原则去调节工作和休息的时间，结果工人的工作时间虽然少了，雇主的出品质量反而增加了。一般人以为休息是浪费时间，其实不休息的工作才真是浪费时间。此外还有精力的损耗更不经济。拿中国人与西方人相比，可工作的年龄至少有二十年的差别，我们到五六十岁就衰老无能为，他们那时还正年富力强，事业刚开始，这分别有多大！

休息不仅为工作蓄力，而且有时工作必须在休息中酝酿成熟。法国大数学家潘嘉赉研究数学上的难题，苦思不得其解，后来跑到街上闲逛，原来费尽气力不能解决的难题却于无意中就轻轻易易地解决了。据心理学家的解释，有意识作用的工作须得退到潜意识中酝酿一阵，才得着土生根。通常我们在放下一件工作之后，表面上似在休息，而实际上潜意识中那件工作还在进行，詹姆斯有“夏天学溜冰，冬天学泅水”的比喻，溜冰本来是前冬练习的，今夏无冰可溜，自然就想不到溜冰，算是在休息，但是溜冰的筋肉技巧却恰巧此时凝固起来。泅水也是如此，一切学习都如此。比如我们学写字，用功甚勤，进步总是显得很慢，有时甚至越写越坏。但是如果停下一些时候再写，就猛然觉得字有进步。进步之后又停顿，停顿之后又进步，如此辗转多次，字才易写得好。习字需要停顿，也是因为要有时间让筋肉技巧在潜意识中酝酿凝固。习字如此，习其他技术也是如此。休息的工夫并不是白费的，它的成就往往比工作的成就更重要。

《佛说四十二章经》里有一段故事，戒人为学不宜操之过急，说得很好：

沙门夜诵迦叶佛教遗经，其声悲紧，思悔欲退。佛问之曰：“汝昔在家，曾为何业？”对曰：“爱弹琴。”佛言：“弦缓如何？”对曰：“不鸣矣。”“弦急如何？”对曰：“声绝矣。”“急缓得中如何？”对曰：“诸音普矣。”佛言：“沙门学道亦然。心若调适，道可得矣。于道若暴，暴即身疲；其身若疲，意即生恼，意若生恼，行即退矣。”

我国先儒如程朱诸子教人为学，亦常力戒急迫，主张“优游涵泳”。这四字含有妙理，它所指的功夫是猛火煎后的慢火煨，紧张工作后的潜意识的酝酿。要“优游涵泳”，非有充分休息不可。大抵治学和治事，第一件要事是清明在躬，从容而灵活，常做得自家的主宰，提得起也放得下。急迫躁进最易误事。我有时写字或作文，在意兴不佳或微感倦怠时，手不应心，心里愈想好，而写出来的愈坏，在此时仍不肯丢下，带着几分气愤的念头勉强写下去，写成要不得就扯去，扯去重写仍是要不得，于是愈写愈烦躁，愈烦躁也就写得愈不像样。假如在发现神志不旺时立即丢开，在乡下散步，吸一口新鲜空气，看看蓝天绿水，陡然间心旷神怡，回头来再伏案做事，便觉精神百倍，本来做得很艰苦而不能成功的事，现在做起来却有手挥目送之乐，轻轻易易就做成了。不但作文写字如此，要想任何事做得好，做时必须精神饱满，工作成为乐事。一有倦怠或烦躁的意思，最好就把它搁下休息一会儿，让精神恢复后再来。

人须有生趣才能有生机。生趣是在生活中所领略得的快乐，生机是生活发扬所需要的力量。诸葛武侯所谓“宁静以致远”就包含生趣和生机两个要素在内，宁静才能有丰富的生趣和生机，而没有充分休息做优游涵泳的功夫的人们决难宁静。世间有许多过于辛苦的人，满身是尘劳，满腔是杂念，时时刻刻都为环境的需要所驱遣，如机械一般流转不息，自己做不得自己的主宰，呆板枯燥，没有一点生人之趣。这种人是环境压迫的牺牲者，没有力量抬起头来驾驭环境或征服环境，在事业和学问上都难有真正的大成就。我认识许多穷苦的农人、孜孜不辍的老学究和一天在办公室坐八小时的公务员，都令我起这种感想。假如一个国家里都充满着这种人，我们很难想象出一个光明世界来。

基督教的《圣经》叙述上帝创造世界的经过，于每段工作完成之后都赘上一句说："上帝看看他所做的事，看，每一件都很好！"到了第七天，上帝把他的工作都完成了，就停下来休息，并且加福于这第七天，因为在这一天他能够休息。这段简单的文字很可耐人寻味。我们不但需要时间工作，尤其需要时间对于我们所做的事回头看一看，看出它很好；并且工作完成了，我们需要一天休息来恢复疲劳的精神，领略成功的快慰。这一天休息的日子是值得"加福的"、"神圣化的"（《圣经》里所用的字是 blessed and sanctified）。在现代紧张的生活中，我们"车如流水马如龙"地向前直滚，曾不留下一点时光做一番静观和回味，以至华严世相都在特别快车的窗子里滑了过去，而我们也只是轮回戏盘中的木人木马，有上帝的榜样在那里而我们不去学，岂不是浪费生命！

我生平最爱陶渊明在自祭文里所说的两句话："勤靡余劳，心有常闲。"上句是尼采所说的狄俄倪索斯的精神，下句即是阿波罗的精神。动中有静，常保存自我主宰，这是修养的极境，人事算尽了，而神仙福分也就在尽人事中享着。现代人的毛病是“勤有余劳，心无偶闲”。这毛病不仅使生活索然寡味，身心俱惫，于事劳而无功，而且使人心地驳杂，缺乏冲和弘毅的气象，日日困于名缰利锁，叫整个世界日趋于干枯黑暗。但丁描写魔鬼在地狱中受酷刑，常特别着重“不停留”或“无间断”的字样。“不停留”、“无间断”自身就是一种惩罚，甘受这种惩罚的人们是甘愿人间成为地狱，上帝的子孙们，让我们跟着他的榜样，加福于我们工作之后休息的时光啊！

谈价值意识

善是一种美，我们不容行为有瑕疵，犹如不容一件艺术作品有缺陷。求行为的善，即所以维持人格的完美与人性的尊严。

“物有本末，事有终始，知所先后，则近道矣。”

我初到英国读书时，一位很爱护我的教师——辛博森先生——写了一封很恳切的长信，给我讲为人治学的道理，其中有一句话说：“大学教育在使人有正确的价值意识，知道权衡轻重。”于今事隔二十余年，我还很清楚地记得这句看来颇似寻常的话。在当时，我看到了有几分诧异，心里想：大学教育的功用就不过如此么？这二三十年的人生经验才逐渐使我明白这句话的分量。我有时虚心检点过去，发现了我每次的过错或失败都恰是当人生歧路，没有能权衡轻重，以至去取失当。比如说，我花去许多工夫读了一些于今看来是值不得读的书，做了一些于今看来是值不得做的文章，尝试了一些于今看来是值不得尝试的事，这样地就把正经事业耽误了。好比行军，没有侦出要塞，或是侦出要塞而不尽力去击破，只在无战争重要性的角落徘徊摸索，到精力消耗完了还没碰着敌人，这岂不是愚蠢？

我自己对于这种愚蠢有切身之痛，每衡量当世人物，也欢喜审察他们是否有没有犯同样的毛病。有许多在学问思想方面极为我所敬佩的人，希望本来很大，他们如果死心踏地做他们的学问，成就必有可观。但是因为他们在社会上名望很高，每个学校都要请他们演讲，每个机关都要请他们担任职务，每个刊物都要请他们做文章，这样一来，他们不能集中力量去做一件事，用非其长，长处不能发展，不久也就荒废了。名位是中国学者的大患。没有名位去挣扎求名位，旁驰博骛，用心不专，是一种浪费，既得名位而社会视为万能，事事都来打搅，惹得人心花意乱，是一种更大的浪费。“古之学者为己，今之学者为人。”在“为人”、“为己”的冲突中，“为人”是很大的诱惑。学者遇到这种诱惑，必须知所轻重，毅然有所取舍，否则随波逐流，不旋踵就有没落之祸。认定方向，立定脚跟，都需要很深厚的修养。

“正其谊不谋其利，明其道不计其功”，是儒家在人生理想上所表现的价值意识。“学也禄在其中”，既学而获禄，原亦未尝不可，为干禄而求学，或得禄而忘学便是颠倒本末。我国历来学子正坐此弊。记得从前有一个学生刚在中学毕业，他的父亲就要他做事谋生，有友人劝阻他说：“这等于吃稻种。”这句聪明话可表现一般家长视教育子弟为投资的心理。近来一般社会重视功利，青年学子便以功利自期，入学校只图混资格作敲门砖，对学问没有浓厚的兴趣，至于立身处世的道理更视为迂阔而远于事情。这是价值意识的混乱。教育的根基不坚实，影响到整个社会风气以至于整个文化。轻重倒置，急其所应缓，缓其所应急，这种毛病在每个人的生活上、在政治上、在整个文化动向上都可以看见。近来我看了英人贝尔的《文化论》（Clive Bell：*Civilization*），其中有一章专论价值意识为文化要素，颇引起我的一些感触。贝尔专从文化观点立论，我联想到“价值意识”在人生许多方面的意义。这问题值得仔细一谈。

自然界事物纷纭错杂，人能不为之迷惑，赖有两种发现，一是条理，一是分寸。条理是联系线索，分寸是本末轻重。有了条理，事物才能分别类居，不相杂乱；有了分寸，事物才能尊卑定位，各适其宜。条理是横面上的秩序，分寸是纵面上的等差。条理在大体上是纯理活动的产品，是偏于客观的；分寸的鉴别则有赖于实用智慧，常为情感意志所左右，带有主观的成分。别条理，审分寸，是人类心灵的两种最大的功能。一般自然科学在大体上都是别条理的事，一般含有规范性的学术如文艺、伦理、政治之类都是审分寸的事。这两种活动有时相依为用，但是别条理易，审分寸难。一个稍有逻辑修养的人大半能别条理，审分寸则有待于一般修养。它不仅是分析，而且是衡量：不仅是知解，而且是抉择。“厩焚，子退朝，曰‘伤人乎？’不问马。”这件事本很琐细，但足见孔子心中所存的分寸，这种分寸是他整个人格的表现。

所谓审分寸，就是辨别紧要的与琐屑的，也就是有正确的价值意识。“价值”是一个哲学上的术语，有些哲学家相信世间有绝对价值，永住常在，不随时空及人事环境为转移，如康德所说的道德责任，黑格尔所说的永恒公理。但是就一般知解说，价值都有对待，高下相形，美丑相彰，而且事物自身本无价值可言，其有价值，是对于人生有效用，效用有大小，价值就有高低。这所谓“效用”自然是指极广义的，包含一切物质的和精神的实益，不单指狭义功利主义所推崇的安富尊荣之类。作为这样的解释，价值意识对于人生委实是重要。人生一切活动，都各追求一个目的，我们必须先估定这目的有无追求的价值。如果根本没有价值而我们去追求，只追求较低的价值，我们就打错了算盘，没有尽量地享受人生最大的好处。有正确的价值意识，我们对于可用的力量才能作最经济的分配，对于人生的丰富意味才能尽量榨取。人投生在这个世界里如入珠宝市，有任意采取的自由，但是货色无穷，担负的力量不过百斤。有人挑去瓦砾，有人挑去钢铁，也有人挑去珠玉，这就看他们的价值意识如何。

价值意识的应用范围极广。凡是出于意志的行为都有所抉择、有所排弃。在各种可能的途径之中择其一而弃其余，都须经过价值意识的审核。小而衣食行止，大而道德学问事功，无一能为例外。

价值通常分为真善美三种。先说真，它是科学的对象。

科学的思考在大体上虽偏于别条理，却也须审分寸。它分析事物的属性，必须辨别主要的与次要的：推求事物的成因，必须辨别自然的与偶然的，归纳事例为原则，必须辨别貌似有关的与实际有关的。苹果落地是常事，只有牛顿抓住它的重要性而发明引力定律；蒸汽上腾是常事，只有瓦特抓住它的重要性而发明蒸汽机。就一般学术研究方法说，提纲挈领是一套紧要的功夫，囫囵吞枣必定是食而不化。提纲挈领需要很锐敏的价值意识。

次说美，它是艺术的对象。艺术活动通常分欣赏与创造。欣赏全是价值意识的鉴别，艺术趣味的高低全靠价值意识的强弱。趣味低，不是好坏无鉴别，就是欢喜坏的而不了解好的。趣味高，只有真正好的作品才够味，低劣作品可以使人作呕。艺术方面的爱憎有时更甚于道德方面的爱憎，行为的失检可以原谅，趣味的低劣则无可容恕。至于艺术创造更步步需要谨严的价值意识。在作品酝酿中，许多意象纷呈，许多情致泉涌，当兴高采烈时，它们好像八宝楼台，件件惊心夺目，可是实际上它们不尽经得起推敲，艺术家必能知道割爱，知道剪裁洗练，才可披沙拣金。这是第一步。已选定的材料需要分配安排，每部分的分量有讲究，各部分的先后位置也有讲究。凡是艺术作品必有头尾和身材，必有浓淡虚实，必有着重点与陪衬点。“譬如北辰，居其所，而众星拱之。”艺术作品的意思安排也是如此。这是第二步。选择安排可以完全是胸中成竹，要把它描绘出来，传达给别人看，必借特殊媒介，如图画用形色，文学用语言。一个意思常有几种说法，都可以说得大致不差，但是只有一种说法，可以说得最恰当妥帖。艺术家对于所用媒介必有特殊敏感，觉得大致不差的说法实在是差以毫厘，谬以千里，并且在没有碰着最恰当的说法以前，心里就安顿不下去，他必肯呕出心肝去推敲。这是第三步。在实际创造时，这三个步骤虽不必分得如此清楚，可是都不可少，而且每步都必有价值意识在鉴别审核。每个大艺术家必同时是他自己的严厉的批评者。一个人在道德方面需要良心，在艺术方面尤其需要良心。良心使艺术家不苟且敷衍，不甘落下乘。艺术上的良心就是谨严的价值意识。

再次说善，它是道德行为的对象。人性本可与为善，可与为恶，世间善人少而不善人多，可知为恶易而为善难。为善所以难者，道德行为虽根于良心，当与私欲相冲突，胜私欲需要极大的意志力。私欲引人朝抵抗力最低的路径走，而道德行为往往朝抵抗力最大的路径走。这本有几分不自然。但是世间终有人为履行道德信条而不惜牺牲一切者，即深切地感觉到善的价值。“朝闻道，夕死可矣。”孔子醇儒，向少做这样侠士气的口吻，而竟说得如此斩截者，即本于道重于生命一个价值意识。古今许多忠臣烈士宁杀身以成仁，也是有见于此。从短见的功利观点看，这种行为有些傻气。但是人之所以为人，就贵在这点傻气。说浅一点，善是一种实益，行善社会才可安宁，人生才有幸福。说深一点，善就是一种美，我们不容行为有瑕疵，犹如不容一件艺术作品有缺陷。求行为的善，即所以维持人格的完美与人性的尊严。善的本身也有价值的等差。“礼与其奢也宁俭，丧与其奢也宁戚”，重在内心不在外表。“男女授受不亲，嫂溺援之以手”，重在权变不在拘守条文。“人尽夫也，父一而已”，重在孝不在爱。忠孝不能两全时，先忠而后孝。以德报怨，即无以报德，所以圣人主以直报怨。“其父攘羊，其子证之”，为国法而伤天伦，所以圣人不取。子夏丧子失明而丧亲民无所闻，所以为曾子所呵责。孔子自己的儿子死只有棺，所以不肯卖车为颜渊买椁。齐人拒嗟来之食，义本可嘉，施者谢罪仍坚持饿死，则为太过。有无相济是正当道理，微生高乞醯以应邻人之求，不得为直。战所以杀敌制胜，宋襄公不鼓不成列，不得为仁。这些事例有极重大的，有极寻常的，都可以说明权衡轻重是道德行为中的紧要功夫。道德行为和艺术一样，都要做得恰到好处。这就是孔子所谓“中”，孟子所谓“义”。中者无过无不及，义者事之宜。要事事得其宜而无过无不及，必须有很正确的价值意识。

真善美三种价值既说明了，我们可以进一步谈人生理想。每个人都不免有一个理想，或为温饱，或为名位，或为学问，或为德行，或为事功，或为醇酒妇人，或为斗鸡走狗，所谓“从其大体者为大人，存其小体者为小人”。这种分别究竟以什么为标准呢？哲学家们都承认：人生最高目的是幸福。什么才是真正的幸福？对于这问题也各有各的见解。积学修德可被看成幸福，饱食暖衣也可被看成幸福。究竟谁是谁非呢？我们从人的观点来说，须认清人的高贵处在哪一点。很显然地，在肉体方面，人比不上许多动物，人之所以高于禽兽者在他的心灵。人如果要充分地表现他的人性，必须充实他的心灵生活。幸福是一种享受。享受者或为肉体，或为心灵。人既有肉体，即不能没有肉体的享受。我们不必如持禁欲主义的清教徒之不近人情，但是我们也须明白：肉体的享受不是人类最上的享受，而是人类与鸡豚狗彘所共有的。人类最上的享受是心灵的享受。哪些才是心灵的享受呢？就是上文所述的真善美三种价值。学问、艺术、道德几无一不是心灵的活动，人如果在这三方面达到最高的境界。同时也就达到最幸福的境界。一个人的生活是否丰富，这就是说，有无价值，就看他对于心灵或精神生活的努力和成就的大小。如果只顾衣食饱暖而对于真善美漫不感觉兴趣，他就成为一种行尸走肉了。这番道理本无深文奥义，但是说起来好像很迂阔。灵与肉的冲突本来是一个古老而不易化除的冲突。许多人因顾到肉遂忘记灵，相习成风，心灵生活便被视为怪诞无稽的事。尤其是近代人被“物质的舒适”一个观念所迷惑，大家争着去拜财神，财神也就笼罩了一切。“哀莫大于心死”，而心死则由于价值意识的错乱。我们如想改正风气，必须改正教育，想改正教育，必须改正一般人的价值意识。

音乐与教育

音乐由感动至感化，因为它的和谐浸润到整个身心，成为固定的模型，习惯成为自然，身心的活动也就处处不违背和谐的原则。

柏拉图写过一个长篇对话，叫做《理想国》，讨论理想的政治和教育。他知道要一个国家的政治合于理想，先要使它的教育合于理想，所以他费了大半篇幅谈理想国的统治阶级应该受什么样一种训练。他所定的课程异常简单。一个人在二十岁以前只消有两种教育工具：一是体操，一是音乐。至于我们现在的学校里许多功课，像史地、理化、数学、社会科学、哲学、外国文之类，他或是完全不讲，或是摆在二十岁以后的课程里。他的教育主张，在现代人看来，像很奇怪。可是如果你丢开成见，细心去想一想，你也许会佩服希腊人的思想，和他们的艺术一样，简单虽然简单，深刻却是深刻。体操讲究好了，身体可以健全；音乐讲究好了，心灵可以和谐。身心两方面都达到理想的状态，还愁有什么学不好或是做不好？身心是基本，我们近代人士基本不注意，只在一些肤浅的知识上做功夫，反自以为聪明。许多祸害似都由此起，我们急需回头猛醒。

我在另一篇文章里已谈过体育的重要，现在专谈音乐。

音乐是一种最原始最普遍的艺术。飞禽走兽大半都欢喜歌唱，在歌唱中，它们表现生命的富裕和欢乐，同时，它们借歌舞把在生活中所领略得的乐趣传给同类，引起交感共鸣。歌唱在一般动物社会中是一种团结的原动力，它们没有文化传统和制度组织，但是它们一呼百应，一唱百和，全靠这一点声音上的感通。人类在原始阶段也还保持着这本能的音乐嗜好。没有一个原始民族不欢喜歌舞，小孩在个人生命史上相当于原始民族在种族生命史上，欢喜歌舞仍然是天性。人类到了开化以后，小孩到了成年以后，往往逐渐丧失音乐的嗜好，高兴时不放着嗓子唱一曲歌，颓唐时也不拿一种乐器来弹奏一番，哀乐全闷在心里，而且一个人关起来纳闷，生气因之萧索，同情也因之冷淡。这是一个极严重的损失，而且是违反自然本性的。对于这种现象的造成，教育家们要负一大部分责任，他们丢开了人类一个最强烈的本能，一个最有力的教育工具，不去利用。假如他们知道利用，音乐的力量要超出任何学问训练之上。

何以故呢？音乐不仅是最原始最普遍的艺术，而且是最完美的艺术，可以普及深入一般民众，从根本上陶冶人的性格。在其他艺术，实质与形式多少可以分别出来，了解实质与了解形式可以分为两事；音乐却完全融化实质与形式的分别，实质即形式，形式亦即实质，内外一致，天衣无缝。所以音乐达到了艺术的最高理想。如果美育是教育中一项要目，美育的最好工具就应该是音乐。音乐虽是顶完美的，却不能算是最困难的艺术。叔本华说得最清楚，一般艺术都需借意象来表现，例如文学所用的语文意义，图画所用的形色光影；音乐则为意志的直接外射，用不着凭借意象。所以了解其他艺术，我们需假道于理智，比如说，不懂得语文意义，就无从了解文学；音乐则表现最直接，感动也最直接，我们接受声音的刺激，生理上马上就起反响，用不着理智地分析。中国人不一定能了解外国的文学，但是多少可以受外国音乐的感动，因为没有语文的障碍。小孩子和乡下文盲尽管不能读书明理，也多少可以欣赏成年人和音乐家的唱歌奏乐，因为没有知识经验的障碍。音乐是纯从感官打动人心的，耳里听到，心里就起哀乐共鸣。这件事实可以解释音乐的普及性，也可以解释它的深入性。如果要教育的力量普及而又深入，舍音乐还有什么其他途径呢？

音乐对于人生至少有三重大功用。

第一是表现。情感思想都需要发扬宣泄。我们都知道在欢喜时大笑一场，在悲哀时痛哭一场，是一件畅快事。严守一个秘密，心里才感觉不舒服：尤其是感情不能压抑，压抑便引起冲突和苦痛。依近代心理学看，许多精神病都是情感不得宣泄的结果。表现在生气的洋溢。一个人或一个民族到了不需要艺术的表现时，那只有两种可能：一是生气萎竭；一是生气受不了自然的歪曲，向不正常不健康的路途发泄。所以给生气以正常的康健的表现，也就是培养生气。音乐的表现是最正常的康健的表现，因为它是人类的普遍的嗜好。而同时它的命脉在和谐。亚里士多德在《政治学》里谈到古希腊人用一种音乐医精神病。有一种癫狂病，医治的主法是叫病人听一种音乐，听了几回他的情感上的脓疱化消了，病就自然好。亚里士多德把音乐的这种功能叫做 katharsis，这字含有“发散”和“净化”两个意义。音乐对于人的情感不仅能“发散”而且能“净化”，就因为它本身是和谐，对于人的心灵自然能产生和谐的影响。我们有听音乐经验的人都知道在凝神静听之后，全体筋肉脉搏都经过一番和谐的震荡，心灵仿佛在困倦之后洗过一回澡，汗垢尽去，血液畅通，有心旷神怡之乐。如果我们不仅是欣赏，自己能歌唱弹奏，除了这种生气洋溢的乐趣以外，我们还可以得到人生最大的快慰，成就一种作品的感觉。我们创造了一个可欣赏的世界，替人类开辟了一种愉悦的泉源，意识到这种力量，就如同创世主在第七天的神情。人能多尝这种创造的快感，人生便显得华严，而人的品格也就自然会高贵。

其次是感动。音乐直接打动感官，引起生理的反应，所以感人最普及而深入。这道理在上文已说过。中西神话和历史上都有不少的关于音乐感动力的传说。城市有借音乐造成的，也有借音乐毁倒的；胜仗有用音乐打来的，重围有用音乐解去的；美人有借音乐取得的；深交有因音乐结成的；名著有从音乐引起思致的；至道有借音乐证成的。瓠巴鼓琴，游鱼出听；据近代生理学家的实验，对牛弹琴，也并非毫无影响。人类情感有许多花样，每种花样在脉搏呼吸和筋肉运动上都有一个特殊的节奏，特殊的模型。音乐的抑扬顿挫，长短急舒，往往与这种节奏和模型相称。某一种乐调在生理上激起某一种节奏和模型，就引起某一种情调。所以在听音乐时，实在有两种乐调在进行。一是外在的，耳朵听的；一是内在的，听者身体在无意中所表演的。人类生理构造大致相同，所以一个乐调可以在无数听者的心弦上引起交感共鸣。音乐是极强烈的同情媒介，也就因为这个缘故。我们如果想尝广大同情的味道，最好在稠人广众中听音乐。乐声作时，全体听众屏息肃然静听，无论尊卑老幼，乐就都乐，哀就都哀，霎时间不独人我之见泯除净尽，即传统习俗所积累成的层层枷锁也一齐丢开，我们在霎时间回到自由的原始人，沉没到浑然一体的大我。音乐使我们畅快，四围许多人都同时在分享我的感觉，意识到这一点，我们更加畅快。这里没有分别界线，没有恩仇迎拒，我们同是一个阳光煦育的兄弟姊妹，我们皆大欢喜。要群众团结一气，最有效的媒介只有音乐。

第三是感化。感动是暂时的，感化是久远的。音乐由感动至感化，因为它的和谐浸润到整个身心，成为固定的模型（pattern），习惯成为自然，身心的活动也就处处不违背和谐的原则。内心和谐，则一切不和谐的卑鄙龌龊的念头自无从发生，表现于行为的也自从容中节。中国先儒以礼乐立教就为明白了这个道理。乐的精神在和谐，礼的精神在秩序，这两者中间，乐更是根本的，因为内和谐外自然有秩序，没有和谐做基础的秩序就成了呆板形式，没有灵魂的躯壳。内心和谐而生活有秩序，一个人修养到这个境界，就不会有疵可指了。谈到究竟，德育需从美育上做起。道德必由真性情的流露，美育怡情养性，使性情的和谐流露为行为的端正，是从根本上做起。唯有这种修养的结果，善与美才能一致。明白这个道理，我们就会明白孔子谈政教何以那样重诗乐。诗与乐原来是一回事，一切艺术精神原来也都与诗乐相通。孔子提倡诗乐，犹如近代人提倡美育。他说："诗可以兴，可以观，可以群，可以怨。"又说："温柔敦厚，诗教也。"都是看到了诗乐对于情感教育的重要。他不但把诗乐认为教育的基础，而且把它们认为政治的基础，实在政教是不能分离的，世间安有无教之政呢？近代人舍教而言政，只见得他们愚昧。"颜渊问为邦。子曰，乐则韶舞，放郑声，远佞人。"远佞人还在放郑声之次，我们现在只知道厌恶佞人，其实还有比这更重要的事务——音乐教育。音乐教育上了轨道，佞人也许就不会存在，而政治也不会不修明了。

一个民族的性格常表现于音乐，最显著的是中西音乐的分别。西方音乐偏于阳刚，使听者发扬蹈厉；中国音乐偏于阴柔，使听者沉潜肃穆。这各有所长，我们用不着偏袒。我们所最忧虑的是我国一般民众，尤其是士大夫阶级，大半没有真正的音乐的嗜好。这似乎表现了民族精神的衰落。我个人认为人心的污浊与社会的腐败都种根于此。我每想起柏拉图的教育主张，就深深感觉到我国目前教育须有一个彻底的改革。我们必须普及音乐教育，尤其是要把国乐本身大加一番整理洗刷。这不是宣传可以了事。但是制礼作乐是盛业也是美名，容易被宣传者当作一种口号呐喊了事。这是我草此文时心里所栗栗危惧的。大家须拿出一副极严肃的态度来应付这问题，前途才有希望。

1943 年 7 月

慢慢走，欣赏啊！

人生本来就是一种较广义的艺术。每个人的生命史就是他自己的作品。知道生活的人就是艺术家，他的生活就是艺术作品。

“当局者迷，旁观者清”
——艺术和实际人生的距离

美和实际人生有一个距离，要见出事物本身的美，须把它摆在适当的距离之外去看。

有几件事实我觉得很有趣味，不知道你有同感没有？

我的寓所后面有一条小河通莱茵河。我在晚间常到那里散步一次，走成了习惯，总是沿东岸去，过桥沿西岸回来。走东岸时我觉得西岸的景物比东岸的美；走西岸时适得其反，东岸的景物又比西岸的美。对岸的草木房屋固然比较这边的美，但是它们又不如河里的倒影。同是一棵树，看它的正身本极平凡，看它的倒影却带有几分另一世界的色彩。我平时又欢喜看烟雾朦胧的远树、大雪笼盖的世界和更深夜静的月景。本来是习见不以为奇的东西，让雾、雪、月盖上一层白纱，便见得很美丽。

北方人初看到西湖，平原人初看到峨嵋，虽然审美力薄弱的村夫，也惊讶它们是奇景；但在生长在西湖或峨嵋的人除了以居近名胜自豪以外，心里往往觉得西湖和峨嵋实在也不过如此。新奇的地方都比熟悉的地方美。东方人初到西方，或是西方人初到东方，都往往觉得面前景物件件值得玩味。本地人自以为不合时尚的服装和举动，在外方人看，却往往有一种美的意味。

古董癖也是很奇怪的，一个周朝的铜鼎或是一个汉朝的瓦瓶在当时也不过是盛酒盛肉的日常用具，在现在却变成很稀有的艺术品。固然有些好古董的人是贪它值钱，但是觉得古董实在可玩味的人却不少。我到外国人家去时，主人常欢喜拿一点中国东西给我看。这总不外瓷罗汉、蟒袍、渔樵耕读图之类的装饰品，我看到每每觉得羞涩，而主人却诚心诚意地夸奖它们好看。

种田人常羡慕读书人，读书人也常羡慕种田人。竹篱瓜架旁的黄粱浊酒和朱门大厦中的山珍海鲜，在旁观者所看出来的滋味都比当局者亲口尝出来的好。读陶渊明的诗，我们常觉到农人的生活真是理想的生活，可是农人自己在烈日寒风之中耕作时所尝到的况味，绝不似陶渊明所描写的那样闲逸。

人常是不满意自己的境遇而羡慕他人的境遇，所以俗话说“家花不比野花香”。人对于现在和过去的态度也有同样的分别。本来是很酸辛的遭遇，到后来往往变成很甜美的回忆。

我小时在乡下住，早晨看到的是那几座茅屋、几畦田、几排青山，晚上看到的也还是那几座茅屋、几畦田、几排青山，觉得它们真是单调无味，现在回忆起来，却不免有些留恋。

这些经验你一定也注意到的。它们是什么缘故呢？

这全是观点和态度的差别。看倒影，看过去，看旁人的境遇，看稀奇的景物，都好比站在陆地上远看海雾，不受实际的切身的利害牵绊，能安闲自在地玩味目前美妙的景致。看正身，看现在，看自己的境遇，看习见的景物，都好比乘海船遇着海雾，只知它妨碍呼吸，只嫌它耽误程期、预兆危险，没有心思去玩味它的美妙。持实用的态度看事物，它们都只是实际生活的工具或障碍物，都只能引起欲念或嫌恶。要见出事物本身的美，我们一定要从实用世界跳开，以“无所为而为”的精神欣赏它们本身的形象。总而言之，美和实际人生有一个距离，要见出事物本身的美，须把它摆在适当的距离之外去看。

再就上面的实例说，树的倒影何以比正身美呢？它的正身是实用世界中的一片段，它和人发生过许多实用的关系。人一看见它，不免想到它在实用上的意义，发生许多实际生活的联想。它是避风息凉的或是架屋烧火的东西。在散步时我们没有这些需要，所以就觉得它没有趣味。倒影是隔着一个世界的，是幻境的，是与实际人生无直接关联的。我们一看到它，就立刻注意到它的轮廓、线纹和颜色，好比看一幅图画一样。这是形象的直觉，所以是美感的经验。总而言之，正身和实际人生没有距离，倒影和实际人生有距离，美的差别即起于此。

同理，游历新境时最容易见出事物的美。习见的环境都已变成实用的工具。比如我久住在一个城市里面，出门看见一条街就想到朝某方向走是某家酒店，朝某方向走是某家银行；看见了一座房子就想到它是某个朋友的住宅，或是某个总长的衙门。这样的“自盘而之钟”，我的注意力就迁到旁的事物上去，不能专心致志地看这条街或是这座房子究竟像个什么样子。在崭新的环境中，我还没有认识事物的实用的意义，事物还没有变成实用的工具，一条街还只是一条街而不是到某银行或某酒店的指路标，一座房子还只是某颜色某线形的组合而不是私家住宅或是总长衙门，所以我能见出它们本身的美。

一件本来惹人嫌恶的事情，如果你把它推远一点看，往往可以成为很美的意象。卓文君不守寡，私奔司马相如，陪他当垆卖酒。我们现在把这段情史传为佳话。我们读李长吉的“长卿怀茂陵，绿草垂石井。弹琴看文君，春风吹鬓影”几句诗，觉得它是多么优美的一幅画！但是在当时人看，卓文君失节却是一件秽行丑迹。袁子才尝刻一方“钱塘苏小是乡亲”的印，看他的口吻是多么自豪！但是钱塘苏小究竟是怎样的一个伟人？她原来不过是南朝的一个妓女。和这个妓女同时的人谁肯攀她做“乡亲”呢？当时的人受实际问题的牵绊，不能把这些人物的行为从极繁复的社会信仰和利害观念的圈套中划出来，当作美丽的意象来观赏。我们在时过境迁之后，不受当时的实际问题的牵绊，所以能把它们当作有趣的故事来谈。它们在当时和实际人生的距离太近，到现在则和实际人生距离较远了，好比经过一些年代的老酒，已失去它的原来的辣性，只留下纯淡的滋味。

一般人迫于实际生活的需要，都把利害认得太真，不能站在适当的距离之外去看人生世相，于是这丰富华严的世界，除了可效用于饮食男女的营求之外，便无其他意义。他们一看到瓜就想它是可以摘来吃的，一看到漂亮的女子就起性欲的冲动。他们完全是占有欲的奴隶。花长在园里何尝不可以供欣赏？他们却欢喜把它摘下来挂在自己的襟上或是插在自己的瓶里。一个海边的农夫逢人称赞他的门前海景时，便很羞涩地回过头来指着屋后一园菜说："门前虽没有什么可看的，屋后这一园菜却还不差。"许多人如果不知道周鼎汉瓶是很值钱的古董，我相信他们宁愿要一个不易打烂的铁锅或瓷罐，不愿要那些不能煮饭藏菜的破铜破铁。这些人都是不能在艺术品或自然美和实际人生之中维持一种适当的距离。

艺术家和审美者的本领就在能不让屋后的一园菜压倒门前的海景，不拿盛酒盛菜的标准去估定周鼎汉瓶的价值，不把一条街当作到某酒店和某银行去的指路标。他们能跳开利害的圈套，只聚精会神地观赏事物本身的形象。他们知道在美的事物和实际人生之中维持一种适当的距离。

我说"距离"时总不忘冠上"适当的"三个字，这是要注意的。“距离”可以太过，可以不及。艺术一方面要能使人从实际生活牵绊中解放出来，一方面也要使人能了解、能欣赏，“距离”不及，容易使人回到实用世界，距离太远，又容易使人无法了解欣赏。这个道理可以拿一个浅例来说明。

王渔洋的《秋柳诗》中有两句说:“相逢南雁皆愁侣，好语西乌莫夜飞。”在不知道这诗的历史的人看来，这两句诗是漫无意义的，这就是说，它的距离太远，读者不能了解它，所以无法欣赏它。《秋柳诗》原来是悼明亡的，“南雁”是指国亡无所依附的故旧大臣，“西乌”是指有意屈节降清的人物。假使读这两句诗的人自己也是一个“遗老”，他对于这两句诗的情感一定比旁人较能了解。但是他不一定能取欣赏的态度，因为他容易看这两句诗而自伤身世，想到种种实际人生问题上面去，不能把注意力专注在诗的意象上面，这就是说，《秋柳诗》对于他的实际生活距离太近了，容易把他由美感的世界引回到实用的世界。

许多人欢喜从道德的观点来谈文艺，从韩昌黎的“文以载道”说起，一直到现代“革命文学”以文学为宣传的工具止，都是把艺术硬拉回到实用的世界里去。一个乡下人看戏，看见演曹操的角色扮老奸巨猾的样子惟妙惟肖，不觉义愤填胸，提刀跳上舞台，把他杀了。从道德的观点评艺术的人们都有些类似这位杀曹操的乡下佬，义气虽然是义气，无奈是不得其时、不得其地。他们不知道道德是实际人生的规范，而艺术是与实际人生有距离的。

艺术须与实际人生有距离，所以艺术与极端的写实主义不相容。写实主义的理想在妙肖人生和自然，但是艺术如果真正做到妙肖人生和自然的境界，总不免把观者引回到实际人生，使他的注意力旁迁于种种无关美感的问题，不能专心致志地欣赏形象本身的美。比如裸体女子的照片常不免容易刺激性欲，而裸体雕像如《密罗斯爱神》，裸体画像如法国安格尔的《汲泉女》，都只能令人肃然起敬。这是什么缘故呢？这就是因为照片太逼肖自然，容易像实物一样引起人的实用的态度；雕刻和图画都带有若干形式化和理想化，都有几分不自然，所以不易被人误认为实际人生中的一片段。

艺术上有许多地方，乍看起来，似乎不近情理。古希腊和中国旧戏的角色往往戴面具、穿高底鞋，表演时用歌唱的声调，不像平常说话。埃及雕刻对于人体加以抽象化，往往千篇一律。波斯图案画把人物的肢体加以不自然的扭曲，中世纪“哥特式”诸大教寺的雕像把人物的肢体加以不自然的延长。中国和西方古代的画都不用远近阴影。这种艺术上的形式化往往遭浅人唾骂，它固然时有流弊，其实也含有至理。这些风格的创始者都未尝不知道它不自然，但是他们的目的正在使艺术和自然之中有一种距离。说话不押韵，不论平仄，作诗却要押韵，要论平仄，道理也是如此。艺术本来是弥补人生和自然缺陷的。如果艺术的最高目的仅在妙肖人生和自然，我们既已有人生和自然了，又何取乎艺术呢？

艺术都是主观的，都是作者情感的流露，但是它一定要经过几分客观化。艺术都要有情感，但是只有情感不一定就有艺术。许多人本来是笨伯而自信是可能的诗人或艺术家。他们常埋怨道：“可惜我不是一个文学家，否则我的生平可以写成一部很好的小说。”富于艺术材料的生活何以不能产生艺术呢？艺术所用的情感并不是生糙的而是经过反省的。蔡琰在丢开亲生子回国时决写不出《悲愤诗》，杜甫在“入门闻号咷，幼子饥已卒”时决写不出《自京赴奉先县咏怀五百字》。这两首诗都是“痛定思痛”的结果。艺术家在写切身的情感时，都不能同时在这种情感中过活，必定把它加以客观化，必定由站在主位的尝受者退为站在客位的观赏者。一般人不能把切身的经验放在一种距离以外去看，所以情感尽管深刻，经验尽管丰富，终不能创造艺术。

“子非鱼，安知鱼之乐？”
——宇宙的人情化

心里印着美的意象，常受美的意象浸润，自然也可以少存些浊念。

庄子与惠子游于濠梁之上。

庄子曰：“鱼出游从容，是鱼乐也！”

惠子曰：“子非鱼，安知鱼之乐？”

庄子曰：“子非我，安知我不知鱼之乐？”

这是《庄子·秋水》篇里的一段故事，是你平时所欢喜玩味的。我现在藉这段故事来说明美感经验中的一个极有趣味的道理。

我们通常都有“以己度人”的脾气，因为有这个脾气，对于自己以外的人和物才能了解。严格地说，各个人都只能直接地了解他自己，都只能知道自己处某种境地、有某种知觉、生某种情感。至于知道旁人旁物处某种境地、有某种知觉、生某种情感时，则是凭自己的经验推测出来的。比如我知道自己在笑时心里欢喜，在哭时心里悲痛，看到旁人笑也就以为他心里欢喜，看见旁人哭也以为他心里悲痛。我知道旁人旁物的知觉和情感如何，都是拿自己的知觉和情感来比拟的。我只知道自己，我知道旁人旁物时是把旁人旁物看成自己，或是把自己推到旁人旁物的地位。庄子看到鲦鱼“出游从容”便觉得它乐，因为他自己对于“出游从容”的滋味是有经验的。人与人，人与物，都有共同之点，所以他们都有互相感通之点。假如庄子不是鱼就无从知鱼之乐，每个人就要各成孤立世界，和其他人物都隔着一层密不通风的墙壁，人与人以及人与物之中便无心灵交通的可能了。

这种“推己及物”、“设身处地”的心理活动不尽是有意的、出于理智的，所以它往往发生幻觉。鱼没有反省的意识，是否能够像人一样“乐”，这种问题大概在庄子时代的动物心理学也还没有解决，而庄子硬拿“乐”字来形容鱼的心境，其实不过把他自己的“乐”的心境外射到鱼的身上罢了，他的话未必有科学的谨严与精确。我们知觉外物，常把自己所得的感觉外射到物的本身上去，把它误认为物所固有的属性，于是本来在我的就变成在物的了。比如我们说“花是红的”时，是把红看作花所固有的属性，好像是以为纵使没有人去知觉它，它也还是在那里。其实花本身只有使人觉到红的可能性，至于红却是视觉的结果。红是长度为若干的光波射到眼球网膜上所生的印象。如果光波长一点或是短一点，眼球网膜的构造换一个样子，红的色觉便不会发生。患色盲的人根本就不能辨别红色，就是眼睛健全的人在薄暮光线暗淡时也不能把红色和绿色分得清楚，从此可知，严格地说，我们只能说“我觉得花是红的”。我们通常都把“我觉得”三字略去而直说“花是红的”，于是在我的感觉遂被误认为在物的属性了。日常对于外物的知觉都可作如是观。“天气冷”其实只是“我觉得天气冷”，鱼也许和我不一致；“石头太沉重”其实只是“我觉得它太沉重”，大力士或许还嫌它太轻。

云何尝能飞？泉何尝能跃？我们却常说云飞泉跃；山何尝能鸣？谷何尝能应？我们却常说山鸣谷应。在说云飞泉跃、山鸣谷应时，我们比说花红、石头重，又更进一层了。原来我们只把在我的感觉误认为在物的属性，现在我们却把无生气的东西看成有生气的东西，把它们看作我们的侪辈，觉得它们也有性格，也有情感，也能活动。这两种说话的方法虽不同，道理却是一样，都是根据自己的经验来了解外物。这种心理活动通常叫做“移情作用”。

“移情作用”是把自己的情感移到外物身上去，仿佛觉得外物也有同样的情感。这是一个极普遍的经验。自己在欢喜时，大地山河都在扬眉带笑；自己在悲伤时，风云花鸟都在叹气凝愁。惜别时蜡烛可以垂泪，兴到时青山亦觉点头。柳絮有时“轻狂”，晚峰有时“清苦”。陶渊明何以爱菊呢？因为他在傲霜残枝中见出孤臣的劲节；林和靖何以爱梅呢？因为他在暗香疏影中见出隐者的高标。

从这几个实例看，我们可以看出移情作用是和美感经验有密切关系的。移情作用不一定就是美感经验，而美感经验却常含有移情作用。美感经验中的移情作用不单是由我及物的，同时也是由物及我的；它不仅把我的性格和情感移注于物，同时也把物的姿态吸收于我。所谓美感经验，其实不过是在聚精会神之中，我的情趣和物的情趣往复回流而已。

姑先说欣赏自然美。比如我在观赏一棵古松，我的心境是什么样状态呢？我的注意力完全集中在古松本身的形象上，我的意识之中除了古松的意象之外，一无所有。在这个时候，我的实用的意志和科学的思考都完全失其作用，我没有心思去分别我是我而古松是古松。古松的形象引起清风亮节的类似联想，我心中便隐约觉到清风亮节所常伴着的情感。因为我忘记古松和我是两件事，我就于无意之中把这种清风亮节的气概移置古松上面去，仿佛古松原来就有这种性格。同时我又不知不觉地受古松的这种性格影响，自己也振作起来，模仿它那一副苍老劲拔的姿态。所以古松俨然变成一个人，人也俨然变成一棵古松。真正的美感经验都是如此，都要达到物我同一的境界；在物我同一的境界中，移情作用最容易发生，因为我们根本就不分辨所生的情感到底是属于我还是属于物的。

再说欣赏艺术美，比如说听音乐。我们常觉得某种乐调快活，某种乐调悲伤。乐调自身本来只有高低、长短、急缓、宏纤的分别，而不能有快乐和悲伤的分别。换句话说，乐调只能有物理而不能有人情。我们何以觉得这本来只有物理的东西居然有人情呢？这也是由于移情作用。这里的移情作用是如何起来的呢？音乐的命脉在节奏。节奏就是长短、高低、急缓、宏纤相继承的关系。这些关系前后不同，听者所费的心力和所用的心的活动也不一致。因此听者心中自起一种节奏和音乐的节奏相平行。听一曲高而缓的调子，心力也随之作一种高而缓的活动；听一曲低而急的调子，心力也随之作一种低而急的活动。这种高而缓或是低而急的心力活动，常蔓延浸润到全部心境，使它变成和高而缓的活动或是低而急的活动相同调，于是听者心中遂感觉一种欢欣鼓舞或是抑郁凄恻的情调。这种情调本来属于听者，在聚精会神之中，他把这种情调外射出去，于是音乐也就有快乐和悲伤的分别了。

再比如说书法。书法在中国向来自成艺术，和图画有同等的身份，近来才有人怀疑它是否可以列于艺术，这般人大概是看到西方艺术史中向来不留位置给书法，所以觉得中国人看重书法有些离奇。其实书法可列于艺术，是无可置疑的。它可以表现性格和情趣。颜鲁公的字就像颜鲁公，赵孟頫的字就像赵孟頫。所以字也可以说是抒情的，不但是抒情的，而且是可以引起移情作用的。横直钩点等等笔划原来是墨涂的痕迹，它们不是高人雅士，原来没有什么“骨力”、“姿态”、“神韵”和“气魄”。但是在名家书法中我们常觉到“骨力”、“姿态”、“神韵”和“气魄”。我们说柳公权的字“劲拔”，赵孟頫的字“秀媚”，这都是把墨涂的痕迹看作有生气有性格的东西，都是把字在心中所引起的意象移到字的本身上面去。

移情作用往往带有无意的模仿。我在看颜鲁公的字时，仿佛对着巍峨的高峰，不知不觉地耸肩聚眉，全身的筋肉都紧张起来，模仿它的严肃；我在看赵孟頫的字时，仿佛对着临风荡漾的柳条，不知不觉地展颐摆腰，全身的筋肉都松懈起来，模仿它的秀媚。从心理学看，这本来不是奇事。凡是观念都有实现于运动的倾向。念到跳舞时脚往往不自主地跳动，念到“山”字时口舌往往不由自主地说出“山”字。通常观念往往不能实现于动作者，由于同时有反对的观念阻止它。同时念到打球又念到泅水，则既不能打球，又不能泅水。如果心中只有一个观念，没有旁的观念和它对敌，则它常自动地现于运动。聚精会神看赛跑时，自己也往往不知不觉地弯起胳膊动起脚来，便是一个好例。在美感经验之中，注意力都是集中在一个意象上面，所以极容易起模仿的运动。

移情的现象可以称之为“宇宙的人情化”，因为有移情作用然后本来只有物理的东西可具人情，本来无生气的东西可有生气。从理智观点看，移情作用是一种错觉，是一种迷信。但是如果把它勾消，不但艺术无由产生，即宗教也无由出现。艺术和宗教都是把宇宙加以生气化和人情化，把人和物的距离以及人和神的距离都缩小。它们都带有若干神秘主义的色彩。所谓神秘主义其实并没有什么神秘，不过是在寻常事物之中见出不寻常的意义。这仍然是移情作用。从一草一木之中见出生气和人情以至于极玄奥的泛神主义，深浅程度虽有不同，道理却是一样。

美感经验既是人的情趣和物的姿态的往复回流，我们可以从这个前提中抽出两个结论来：

一、物的形象是人的情趣的返照。物的意蕴深浅和人的性分密切相关。深人所见于物者亦深，浅人所见于物者亦浅。比如一朵含露的花，在这个人看来只是一朵平常的花，在那个人看或以为它含泪凝愁，在另一个人看或以为它能象征人生和宇宙的妙谛。一朵花如此，一切事物也是如此。因我把自己的意蕴和情趣移于物，物才能呈现我所见到的形象。我们可以说，各人的世界都由各人的自我伸张而成。欣赏中都含有几分创造性。

二、人不但移情于物，还要吸收物的姿态于自我，还要不知不觉地模仿物的形象。所以美感经验的直接目的虽不在陶冶性情，而却有陶冶性情的功效。心里印着美的意象，常受美的意象浸润，自然也可以少存些浊念。苏东坡诗说：“宁可食无肉，不可居无竹；无肉令人瘦，无竹令人俗。”竹不过是美的形象之一种，一切美的事物都有不令人俗的功效。

希腊女神的雕像和血色鲜丽的英国姑娘

——美感与快感

美感所伴的快感，在当时都不觉得，到过后才回忆起来。比如读一首诗或是看一幕戏，当时我们只是心领神会，无暇他及，后来回想，才觉得这一番经验很愉快。

我在以上三章所说的话都是回答“美感是什么”这个问题。我们说过，美感起于形象的直觉。它有两个要素：

一、目前意象和实际人生之中有一种适当的距离。我们只观赏这种孤立绝缘的意象，一不问它和其他事物的关系如何，二不问它对于人的效用如何。思考和欲念都暂时失其作用。

二、在观赏这种意象时，我们处于聚精会神以至于物我两忘的境界，所以于无意之中以我的情趣移注于物，以物的姿态移注于我。这是一种极自由的（因为是不受实用目的牵绊的）活动，说它是欣赏也可，说它是创造也可，美就是这种活动的产品，不是天生现成的。

这是我们的立脚点。在这个立脚点上站稳，我们可以打倒许多关于美感的误解。在以下两三章里我要说明美感不是许多人所想象的那么一回事。

我们第一步先打倒享乐主义的美学。

“美”字是不要本钱的，喝一杯滋味好的酒，你称赞它“美”，看见一朵颜色很鲜明的花，你称赞它“美”，碰见一位年轻姑娘，你称赞她“美”，读一首诗或是看一座雕像，你也还是称赞它“美”。这些经验显然不尽是一致的。究竟什么样才算“美”呢？一般人虽然不知道什么叫做“美”，但是都知道什么样就是愉快。拿一幅画给一个小孩子或是未受艺术教育的人看，征求他的意见，他总是说“很好看”。如果追问他“它何以好看？”他不外是回答说：“我喜欢看它，看了它就觉得很愉快。”通常人所谓“美”大半就是指“好看”，指“愉快”。

不仅是普通人如此，许多声名煊赫的文艺批评家也把美感和快感混为一件事。英国十九世纪有一位学者叫做罗斯金，他著过几十册书谈建筑和图画，就曾经很坦白地告诉人说：“我从来没有看见过一座希腊女神雕像，有一位血色鲜丽的英国姑娘的一半美。”从愉快的标准看，血色鲜丽的姑娘引诱力自然是比女神雕像的大；但是你觉得一位姑娘“美”和你觉得一座女神雕像“美”时是否相同呢？《红楼梦》里的刘姥姥想来不一定有什么风韵，虽然不能邀罗斯金的青眼，在艺术上却仍不失其为美。一个很漂亮的姑娘同时做许多画家的“模特儿”，可是她的画像在一百张之中不一定有一张比得上伦勃朗（荷兰人物画家）的“老太婆”。英国姑娘的“美”和希腊女神雕像的“美”显然是两件事，一个是只能引起快感的，一个是只能引起美感的。罗斯金的错误在把英国姑娘的引诱性做“美”的标准，去测量艺术作品。艺术是另一世界里的东西，对于实际人生没有引诱性，所以他以为比不上血色鲜丽的英国姑娘。

美感和快感究竟有什么分别呢？有些人见到快感不尽是美感，替它们勉强定一个分别来，却又往往不符事实。英国有一派主张“享乐主义”的美学家就是如此。他们所见到的分别彼此又不一致。有人说耳、目是“高等感官”，其余鼻、舌、皮肤、筋肉等等都是“低等感官”，只有“高等感官”可以尝到美感而“低等感官”则只能尝到快感。有人说引起美感的东西可以同时引起许多人的美感，引起快感的东西则对于这个人引起快感，对于那个人或引起不快感。美感有普遍性，快感没有普遍性。这些学说在历史上都发生过影响，如果分析起来，都是一钱不值。拿什么标准说耳、目是“高等感官”？耳、目得来的有些是美感，有些也只是快感，我们如何去分别？“客去茶香余舌本”，“冰肌玉骨，自清凉无汗”等名句是否与“低等感官”不能得美感之说相容？至于普遍不普遍的话更不足为凭。口腹有同嗜而艺术趣味却往往随人而异。陈年花雕是吃酒的人大半都称赞它美的，一般人却不能欣赏后期印象派的图画。我曾经听过一位很时髦的英国老太婆说道:“我从来没有见过比金字塔再拙劣的东西。”

从我们的立脚点看，美感和快感是很容易分别的。美感与实用活动无关，而快感则起于实际要求的满足。口渴时要喝水，喝了水就得到快感;腹饥时要吃饭，吃了饭也就得到快感。喝美酒所得的快感由于味感得到所需要的刺激，和饱食暖衣的快感同为实用的，并不是起于“无所为而为”的形象的观赏。至于看血色鲜丽的姑娘，可以生美感也可以不生美感。如果你觉得她是可爱的，给你做妻子你还不讨厌她，你所谓“美”就只是指合于满足性欲需要的条件，“美人”就只是指对于异性有引诱力的女子。如果你见了她不起性欲的冲动，只把她当作线纹匀称的形象看，那就和欣赏雕像或画像一样了。美感的态度不带意志，所以不带占有欲。在实际上性欲本能是一种最强烈的本能，看见血色鲜丽的姑娘而能“心如古井”地不动，只一味欣赏曲线美，是一般人所难能的。所以就美感说，罗斯金所称赞的血色鲜丽的英国姑娘对于实际人生距离太近，不一定比希腊女神雕像的价值高。

谈到这里，我们可以顺便地说一说弗洛伊德派心理学在文艺上的应用。大家都知道，弗洛伊德把文艺都认为是性欲的表现。性欲是最原始最强烈的本能，在文明社会里，它受道德、法律种种社会的牵制，不能得充分的满足，于是被压抑到“隐意识”里去成为“情意综”。但是这种被压抑的欲望还是要偷空子化装求满足。文艺和梦一样，都是戴着假面具逃开意识检察的欲望。举一个例来说，男子通常都特别爱母亲，女子通常都特别爱父亲。依弗洛伊德看，这就是性爱。这种性爱是反乎道德、法律的，所以被压抑下去，在男子则成“俄狄浦斯情意综”，在女子则成“厄勒克特拉情意综”。这两个奇怪的名词是怎样讲呢？俄狄浦斯原来是古希腊的一个王子，曾于无意中弑父娶母，所以他可以象征子对于母的性爱。厄勒克特拉是古希腊的一个公主，她的母亲爱了一个男子，把丈夫杀了，她怂恿她的兄弟把母亲杀了，替父亲报仇，所以她可以象征女对于父的性爱。在许多民族的神话里面，伟大的人物都有母而无父，耶稣和孔子就是著例，耶稣是上帝授胎的，孔子之母祷于尼丘而生孔子。在弗洛伊德派学者看，这都是“俄狄浦斯情意综”的表现。许多文艺作品都可以用这种眼光来看，都是被压抑的性欲因化装而得满足。

依这番话看，弗洛伊德的文艺观还是要纳到享乐主义里去，他自己就常欢喜用“快感原则”一个名词。在我们看，他的毛病也在把快感和美感混淆，把艺术的需要和实际人生的需要混淆。美感经验的特点在“无所为而为”地观赏形象。在创造或欣赏的一刹那中，我们不能仍然在所表现的情感里过活，一定要站在客位把这种情感当一幅意象去观赏。如果作者写性爱小说，读者看性爱小说，都是为着满足自己的性欲，那就无异于为着饥而吃饭，为着冷而穿衣，只是实用的活动而不是美感的活动了。文艺的内容尽管有关性欲，可是我们在创造或欣赏时却不能同时受性欲冲动的驱遣，须站在客位把它当作形象看。世间自然也有许多人欢喜看淫秽的小说去刺激性欲或是满足性欲，但是他们所得的并不是美感。

弗洛伊德派的学者的错处不在主张文艺常是满足性欲的工具，而在把这种满足认为美感。

美感经验是直觉的而不是反省的。在聚精会神之中我们既忘去自我，自然不能觉到我是否欢喜所观赏的形象，或是反省这形象所引起的是不是快感。我们对于一件艺术作品欣赏的浓度愈大，就愈不觉得自己是在欣赏它，愈不觉得所生的感觉是愉快的。如果自己觉到快感，我便是由直觉变而为反省，好比提灯寻影，灯到影灭，美感的态度便已失去了。美感所伴的快感，在当时都不觉得，到过后才回忆起来。比如读一首诗或是看一幕戏，当时我们只是心领神会，无暇他及，后来回想，才觉得这一番经验很愉快。

这个道理一经说破，本来很容易了解。但是许多人因为不明白这个很浅显的道理，遂走上迷路。近来德国和美国有许多研究“实验美学”的人就是如此。他们拿一些颜色、线形或是音调来请受验者比较，问他们欢喜哪一种，讨厌哪一种，然后作出统计来，说某种颜色是最美的，某种线形是最丑的。独立的颜色和画中的颜色本来不可相提并论。在艺术上部分之和并不等于全体，而且最易引起快感的东西也不一定就美。他们的错误是很显然的。

“记得绿罗裙，处处怜芳草”

——美感与联想

在审美时我看到芳草就一心一意地领略芳草的情趣；在联想时我看到芳草就想到罗裙，又想到穿罗裙的美人，既想到穿罗裙的美人，心思就已不复在芳草了。

美感与快感之外，还有一个更易惹误解的纠纷问题，就是美感与联想。

什么叫做联想呢？联想就是见到甲而想到乙。甲唤起乙的联想通常不外起于两种原因：或是甲和乙在性质上相类似，例如看到春光想起少年，看到菊花想起节士；或是甲和乙在经验上曾相接近，例如看到扇子想起萤火虫，走到赤壁想起曹孟德或苏东坡。类似联想和接近联想有时混在一起，牛希济的“记得绿罗裙，处处怜芳草”两句词就是好例。词中主人何以“记得绿罗裙”呢？因为罗裙和他的欢爱者相接近，他何以“处处怜芳草”呢？因为芳草和罗裙的颜色相类似。

意识在活动时就是联想在进行，所以我们差不多时时刻刻都在走联想。听到声音知道说话的是谁，见到一个词知道它的意义，都是起于联想作用。联想是以旧经验诠释新经验，如果没有它，知觉、记忆和想象都不能发生，因为它们都得根据过去的经验。从此可知联想为用之广。

联想有时可以意志控制，作文构思时或追忆一时记不起的过去经验时，都是勉强把联想挤到一条路上去走。但是在大多数情境之中，联想是自由的、无意的、飘忽不定的。听课读书时本想专心，而打球、散步、吃饭、邻家的猫儿种种意象总是不由你自主地闯进脑里来，失眠时越怕胡思乱想，越禁止不住胡思乱想。这种自由联想好比水流湿、火就燥，稍有勾搭，即被牵绊，未登九天，已入黄泉。比如我现在从“火”字出发，就想到红、石榴、家里的天井、浮山、雷鲤的诗、鲤鱼、孔夫子的儿子等等，这个联想线索前后相承，虽有关系可寻，但是这些关系都是偶然的。我的“火”字的联想线索如此，换一个人或是我自己在另一时境，“火”字的联想线索却另是一样。从此可知联想的散漫飘忽。

联想的性质如此。多数人觉得一件事物美时，都是因为它能唤起甜美的联想。

在“记得绿罗裙，处处怜芳草”的人看，芳草是很美的。颜色心理学中有许多同类的事实。许多人对于颜色都有所偏好，有人偏好红色，有人偏好青色，有人偏好白色。据一派心理学家说，这都是由于联想作用。例如红是火的颜色，所以看到红色可以使人觉得温暖；青是田园草木的颜色，所以看到青色可以使人想到乡村生活的安闲。许多小孩子和乡下人看画，都只是欢喜它的花红柳绿的颜色。有些人看画，欢喜它里面的故事，乡下人欢喜把孟姜女、薛仁贵、《桃园三结义》的图糊在壁上做装饰，并不是因为那些木板雕刻的图好看，是因为它们可以提起许多有趣故事的联想。这种脾气并不只是乡下人才有。我每次陪朋友们到画馆里去看画，见到他们所特别注意的第一是几张有声名的画，第二是有历史性的作品如耶稣临刑图、拿破仑结婚图之类，像伦勃朗所画的老太公、老太婆和后期印象派的山水风景之类的作品，他们却不屑一顾。此外又有些人看画（和看一切其他艺术作品一样），偏重它所含的道德教训。理学先生看到裸体雕像或画像，都不免起若干嫌恶。记得詹姆斯在他的某一部书里说过，有一次见过一位老修道妇，站在一幅耶稣临刑图面前合掌仰视，悠然神往。旁边人问她那幅画何如，她回答说："美极了，你看上帝是多么仁慈，让自己的儿子去牺牲，来赎人类的罪孽！"

在音乐方面，联想的势力更大。多数人在听音乐时，除了联想到许多美丽的意象之外，便别无所得。他们欢喜这个调子，因为它使他们想起清风明月；不欢喜那个调子，因为它唤醒他们以往的悲痛的记忆。钟子期何以负知音的雅名？他听伯牙弹琴时，惊叹说："善哉！峨峨兮若泰山，洋洋兮若江河。"李颀在胡笳声中听到什么？他听到的是"空山百鸟散还合，万里浮云阴且晴"。白乐天在琵琶声中听到什么？他听到的是"银瓶乍破水浆迸，铁骑突出刀枪鸣"。苏东坡怎样形容洞箫？他说："其声呜呜然，如怨如慕，如泣如诉。余音袅袅，不绝如缕。舞幽壑之潜蛟，泣孤舟之嫠妇。"这些数不尽的例子都可以证明多数人欣赏音乐，都是欣赏它所唤起的联想。

联想所伴的快感是不是美感呢？

历来学者对于这个问题可分两派，一派的答案是肯定的，一派的答案是否定的。这个争辩就是在文艺思潮史中闹得很凶的形式和内容的争辩。依内容派说，文艺是表现情思的，所以文艺的价值要看它的情思内容如何而决定。第一流文艺作品都必有高深的思想和真挚的情感。这句话本来是不可辩驳的。但是侧重内容的人往往从这个基本原理抽出两个其他的结论，第一个结论是题材的重要。所谓题材就是情节。他们以为有些情节能唤起美丽堂皇的联想，有些情节只能唤起丑陋凡庸的联想。比如做史诗和悲剧，只应采取英雄为主角，不应采取愚夫愚妇。第二个结论就是文艺应含有道德的教训。读者所生的联想既随作品内容为转移，则作者应设法把读者引到正经路上去。不要用淫秽卑鄙的情节摇动他的邪思。这些学说发源较早，它们的影响到现在还是很大。从前人所谓"思无邪"、"言之有物"、"文以载道"，现在人所谓"哲理诗"、"宗教艺术"、"革命文学"等等，都是侧重文艺的内容和文艺的无关美感的功效。

这种主张在近代颇受形式派的攻击，形式派的标语是"为艺术而艺术"。他们说，两个画家同用一个模特儿，所成的画价值有高低；两个文学家同用一个故事，所成的诗文意蕴有深浅。许多大学问家、大道德家都没有成为艺术家，许多艺术家并不是大学问家、大道德家。从此可知艺术之所以为艺术，不在内容而在形式。如果你不是艺术家，纵有极好的内容，也不能产生好作品出来；反之，如果你是艺术家，极平庸的东西经过灵心妙运点铁成金之后，也可以成为极好的作品。印象派大师如莫奈、凡·高诸人不是往往在一张椅子或是几间破屋之中表现一个情深意永的世界出来么？这一派学说到近代才逐渐占势力。在文学方面的浪漫主义，在图画方面的印象主义，尤其是后期印象主义，在音乐方面的形式主义，都是看轻内容的。单拿图画来说，一般人看画，都先问里面画的是什么，是怎样的人物或是怎样的故事。这些东西在术语上叫做“表意的成分”。近代有许多画家就根本反对画中有任何“表意的成分”。看到一幅画，他们只注意它的颜色、线纹和阴影，不问它里面有什么意义或是什么故事。假如你看到这派的作品，你起初只望见许多颜色凑合在一起，须费过一番审视和猜度，才知道所画的是房子或是崖石。这一派人是最反对杂联想于美感的。

这两派的学说都持之有故，言之成理，我们究竟何去何从呢？我们否认艺术的内容和形式可以分开来讲（这个道理以后还要谈到），不过关于美感与联想这个问题，我们赞成形式派的主张。

就广义说，联想是知觉和想象的基础，艺术不能离开知觉和想象，就不能离开联想。但是我们通常所谓联想，是指由甲而乙，由乙而丙，辗转不止的乱想。就这个普通的意义说，联想是妨碍美感的。美感起于直觉，不带思考，联想却不免带有思考。在美感经验中我们聚精会神于一个孤立绝缘的意象上面，联想则最易使精神涣散，注意力不专一，使心思由美感的意象旁迁到许多无关美感的事物上面去。在审美时我看到芳草就一心一意地领略芳草的情趣；在联想时我看到芳草就想到罗裙，又想到穿罗裙的美人，既想到穿罗裙的美人，心思就已不复在芳草了。

联想大半是偶然的。比如说，一幅画的内容是“西湖秋月”，如果观者不聚精会神于画的本身而信任联想，则甲可以联想到雷峰塔，乙可以联想到往日同游西湖的美人，这些联想纵然有时能提高观者对于这幅画的好感，画本身的美却未必因此而增加，而画所引起的美感则反因精神涣散而减少。

知道这番道理，我们就可以知道许多通常被认为美感的经验其实并非美感了。假如你是武昌人，你也许特别欢喜崔颢的《黄鹤楼》诗；假如你是陶渊明的后裔，你也许特别欢喜《陶渊明集》；假如你是道德家，你也许特别欢喜《打鼓骂曹》的戏或是韩退之的《原道》；假如你是古董贩，你也许特别欢喜河南新出土的龟甲文或是敦煌石室里面的壁画；假如你知道达·芬奇的声名大，你也许特别欢喜他的《蒙娜·丽莎》。这都是自然的倾向，但是这都不是美感，都是持实际人的态度，在艺术本身以外求它的价值。

“情人眼底出西施”

——美与自然

你在理想中先酝酿成一个尽美尽善的女子，然后把她外射到你的爱人身上去，所以你的爱人其实不过是寄托精灵的躯骸。

我们关于美感的讨论，到这里可以告一段落了，现在最好把上文所说的话回顾一番，看我们已经占住了多少领土。美感是什么呢？从积极方面说，我们已经明白美感起于形象的直觉，而这种形象是孤立自足的，和实际人生有一种距离；我们已经见出美感经验中我和物的关系，知道我的情趣和物的姿态交感共鸣，才见出美的形象。从消极方面说，我们已经明白美感一不带意志欲念，有异于实用态度，二不带抽象思考，有异于科学态度；我们已经知道一般人把寻常快感、联想，以及考据与批评认为美感的经验是一种大误解。

美生于美感经验，我们既然明白美感经验的性质，就可以进一步讨论美的本身了。

什么叫做美呢?

在一般人看，美是物所固有的。有些人物生来就美，有些人物生来就丑。比如称赞一个美人，你说她像一朵鲜花，像一颗明星，像一只轻燕，你决不说她像一个布袋，像一条犀牛或是像一只癞蛤蟆。这就分明承认鲜花、明星和轻燕一类事物原来是美的，布袋、犀牛和癞蛤蟆一类事物原来是丑的。说美人是美的，也犹如说她是高是矮是肥是瘦一样，她的高矮肥瘦是她的星宿定的，是她从娘胎带来的，她的美也是如此，和你看者无关。这种见解并不限于一般人，许多哲学家和科学家也是如此想。所以他们费许多心力去实验最美的颜色是红色还是蓝色，最美的形体是曲线还是直线，最美的音调是 G 调还是 F 调。

但是这种普遍的见解显然有很大的难点，如果美本来是物的属性，则凡是长眼睛的人们应该都可以看到，应该都承认它美，好比一个人的高矮，有尺可量，是高大家就要都说高，是矮大家就要都说矮。但是美的估定就没有一个公认的标准。假如你说一个人美，我说她不美，你用什么方法可以说服我呢?有些人欢喜辛稼轩而讨厌温飞卿，有些人欢喜温飞卿而讨厌辛稼轩，这究竟谁是谁非呢?同是一个对象，有人说美，有人说丑，从此可知美本在物之说有些不妥了。

因此，有一派哲学家说美是心的产品。美如何是心的产品，他们的说法却不一致。康德以为美感判断是主观的而却有普遍性，因为人心的构造彼此相同。黑格尔以为美是在个别事物上见出“概念”或理想。比如你觉得峨嵋山美，由于它表现“庄严”、“厚重”的概念。你觉得《孔雀东南飞》美，由于它表现“爱”与“孝”两个理想的冲突。托尔斯泰以为美的事物都含有宗教和道德的教训。此外还有许多其他的说法。说法既不一致，就只有都是错误的可能而没有都是不错的可能，好比一个数学题生出许多不同的答数一样。大约哲学家们都犯过信理智的毛病，艺术的欣赏大半是情感的而不是理智的。在觉得一件事物美时，我们纯凭直觉，并不是在下判断，如康德所说的，也不是在从个别事物中见出普遍原理，如黑格尔、托尔斯泰一班人所说的；因为这些都是科学的或实用的活动，而美感并不是科学的或实用的活动。还不仅此，美虽不完全在物却亦非与物无关。你看到峨嵋山才觉得庄严、厚重，看到一个小土墩却不能觉得庄严、厚重。从此可知物须先有使人觉到美的可能性，人不能完全凭心灵创出美来。

依我们看，美不完全在外物，也不完全在人心，它是心物婚媾后所产生的婴儿。美感起于形象的直觉。形象属物而却不完全属于物，因为无我即无由见出形象；直觉属我而却不完全属于我，因为无物则直觉无从活动。美之中要有人情也要有物理，二者缺一都不能见出美。再拿欣赏古松的例子来说，松的苍翠劲直是物理，松的清风亮节是人情。从“我”的方面说，古松的形象并非天生自在的，同是一棵古松，千万人所见到的形象就有千万不同，所以每个形象都是每个人凭着人情创造出来的，每个人所见到的古松的形象就是每个人所创造的艺术品，它有艺术品通常所具的个性，它能表现各个人的性分和情趣。从“物”的方面说，创造都要有创造者和所创造物，所创造物并非从无中生有，也要有若干材料，这材料也要有创造成美的可能性。松所生的意象和柳所生的意象不同，和癞蛤蟆所生的意象更不同。所以松的形象这一个艺术品的成功，一半是我的贡献，一半是松的贡献。

这里我们要进一步研究我与物如何相关了。何以有些事物使我觉得美，有些事物使我觉得丑呢？我们最好用一个浅例来说明这个道理。比如我们看下列六条垂直线，往往把它们看成三个柱子，觉得这三个柱子所围的空间（即 a 与 b、c 与 d 和 e 与 f 所围的空间）离我们较近，而 b 与 c 以及 d 与 e 所围的空间则看成背景，离我们较远。还不仅此。我们把这六条垂直线摆在一块看，它们仿佛自成一个谐和的整体；至于 g 与 h 两条没有规律的线则仿佛是这整体以外的东西，如果勉强把它搭上前面的六条线一块看，就觉得它不和谐。

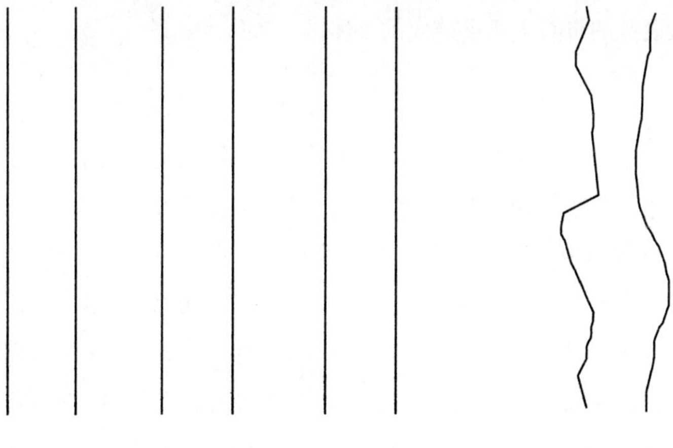

（1）a与b、c与d、e与f距离都相等。

（2）b与c、d与e距离相等，略大于a与b的距离。

（3）f与g的距离较b与c的距离大。

（4）a、b、c、d、e、f为六条平行垂直线，g与h为两条没有规律的线。

从这个有趣的事实，我们可以看出两个很重要的道理：

一、最简单的形象的直觉都带有创造性。把六条垂直线看成三个柱子，就是直觉到一种形象。它们本来同是垂直线，我们把a和b选在一块看，却不把b和c选在一块看；同是直线所围的空间，本来没有远近的分别，我们却把a、b中空间看得近，把b、c中空间看得远。从此可知在外物者原来是散漫混乱，经过知觉的综合作用，才现出形象来。形象是心灵从混乱的自然中所创造成的整体。

二、心灵把混乱的事物综合成整体的倾向却有一个限制，事物也要本来就有可综合为整体的可能性。a至f六条线可以看成一个整体，g与h两条线何以不能纳入这个整体里面去呢？这里我们很可以见出在觉美觉丑时心和物的关系。我们从左看到右时，看出cd和ab相似，de又和bc相似。这两种相似的感觉便在心中形成一个有规律的节奏，使我们预料此后都可由此例推，右边所有的线都顺着左边诸线的节奏。视线移到ef两线时，所预料的果然出现，ef果然与cd也相似。预料而中，自然发生一种快感。但是我们再向右看，看到 g 与 h 两线时，就猛然与前不同，不但 g 和 f 的距离猛然变大，原来是像柱子的平行垂直线，现在却是两条毫无规律的线。这是预料不中，所以引起不快感。因此 g 与 h 两线不但在物理方面和其他六条线不同，在情感上也和它们不能谐和的，所以被摈于整体之外。

这里所谓“预料”自然不是有意的，好比深夜下楼一样，步步都踏着一步梯，就无意中预料以下都是如此，倘若猛然遇到较大的距离，或是踏到平地，才觉得这是出乎意料。许多艺术都应用规律和节奏，而规律和节奏所生的心理影响都以这种无意的预料为基础。

懂得这两层道理，我们就可以进一步来研究美与自然的关系了。一般人常欢喜说“自然美”，好像以为自然中已有美，纵使没有人去领略它，美也还是在那里。这种见解就是我们在上文已经驳过的美本在物的说法。其实“自然美”三个字，从美学观点看，是自相矛盾的，是“美”就不“自然”，只是“自然”就还没有成为“美”。说“自然美”就好比说上文六条垂直线已有三个柱子的形象一样。如果你觉得自然美，自然就已经过艺术化，成为你的作品，不复是生糙的自然了。比如你欣赏一棵古松、一座高山，或是一湾清水，你所见到的形象已经不是松、山、水的本色，而是经过人情化的。各人的情趣不同，所以各人所得于松、山、水的也不一致。

流行语中有一句话说得极好，“情人眼底出西施”。美的欣赏极似“柏拉图式的恋爱”。你在初尝恋爱的滋味时，本来也是寻常血肉做的女子却变成你的仙子。你所理想的女子的美点她都应有尽有。在这个时候，你眼中的她也不复是她自己原身而是经你理想化过的变形。你在理想中先酝酿成一个尽美尽善的女子，然后把她外射到你的爱人身上去，所以你的爱人其实不过是寄托精灵的躯骸。你只见到精灵，所以觉得无瑕可指；旁人冷眼旁观，只见到躯骸，所以往往诧异道：“他爱上她，真是有些奇怪。”一言以蔽之，恋爱中的对象是已经艺术化过的自然。

美的欣赏也是如此，它也是把自然加以艺术化。所谓艺术化就是人情化和理想化。不过美的欣赏和寻常恋爱有一个重要的异点。寻常恋爱都带有很强烈的占有欲，你既恋爱一个女子，就有意无意地存有“欲得之而甘心”的态度。美感的态度则丝毫不带占有欲。一朵花无论是生在邻家的园子里或是插在你自己的瓶子里，你只要能欣赏，它都是一样美。老子所说的“为而不有，功成而不居”，可以说是美感态度的定义。古董商和书画金石收藏家大半都抱有“奇货可居”的态度，很少有能真正欣赏艺术的。我在上文说过，美的欣赏极似“柏拉图式的恋爱”，所谓“柏拉图式的恋爱”对于所爱者也只是“无所为而为”的欣赏，不带占有欲。这种恋爱是否可能，颇有人置疑，但是历史上有多少著例，凡是到极浓度的初恋者也往往可以达到胸无纤尘的境界。

“依样画葫芦”
——写实主义和理想主义的错误

“自然只是一部字典而不是一部书。”人人尽管都有一部字典在手边，可是用这部字典中的字来做出诗文，则全凭各人的情趣和才学。

从美学观点看，“自然美”虽是一个自相矛盾的名词，但是通常说“自然美”时所用的“美”字却另有一种意义，和说“艺术美”时所用的“美”字不应该混为一事。这个分别非常重要，我们须把它剖析清楚。

自然本来混整无别，许多分别都是从人的观点看出来的。离开人的观点而言，自然本无所谓真伪，真伪是科学家所分别出来以便利思想的；自然本无所谓善恶，善恶是伦理学家所分别出来以规范人类生活的。同理，离开人的观点而言，自然也本无所谓美丑，美丑是观赏者凭自己的性分和情趣见出来的。自然界唯一无二的固有的分别，只是常态与变态的分别。通常所谓“自然美”就是指事物的常态，所谓“自然丑”

就是指事物的变态。

举个例来说，比如我们说某人的鼻子生得美，它大概应该像什么样子呢？太大的、太小的、太高的、太低的、太肥的、太瘦的鼻子都不能算得美。美的鼻子一定大小肥瘦高低件件都合适。我们说它不太高，说它件件都合适，这就是承认鼻子的大小高低等等原来有一个标准。这个标准是如何定出来的呢？你如果仔细研究，就可以发现它是取决多数，像选举投票一样。如果一百人之中有过半数的鼻子是一寸高，一寸就成了鼻高的标准。不及一寸高的鼻子就使人嫌它太低，超过一寸高的鼻子就使人嫌它太高。鼻子通常都是从上面逐渐高到下面来，所以称赞生得美的鼻子，我们往往说它“如悬胆”。如果鼻子上下都是一样粗细，像腊肠一样，或是鼻孔朝天露出，那就太稀奇古怪了，稀奇古怪便是变态。通常人说一件事丑，其实不过是因为它稀奇古怪。

照这样说，世间美鼻子应该多于丑鼻子，何以实在不然呢？自然美的难，难在件件都合式。高低合式的大小或不合式，大小合式的肥瘦或不合式。所谓“式”就是标准，就是常态，就是最普遍的性质。自然美为许多最普遍的性质之总和。就每个独立的性质说，它是最普遍的；但是就总和说，它却不可多得，所以成为理想，为人称美。

一切自然事物的美丑都可以作如是观。宋玉形容一个美人说：

天下之佳人莫若楚国，楚国之丽者莫若臣里，臣里之美者莫若臣东家之子。东家之子增之一分则太长，减之一分则太短，著粉则太白，施朱则太赤。

照这样说，美人的美就在安不上“太”字，一安上“太”字就不免有些丑了。“太”就是超过常态，就是稀奇古怪。

人物都以常态为美。健全是人体的常态，耳聋、口吃、面麻、颈肿、背驼、足跛，都不是常态，所以都使人觉得丑。一般生物的常态是生气蓬勃，活泼灵巧。所以就自然美而论，猪不如狗，龟不如蛇，樗不如柳，老年人不如少年人。非生物也是如此。山的常态是巍峨，所以巍峨最易显出山的美；水的常态是浩荡明媚，所以浩荡明媚最易显出水的美。同理，花宜清香，月宜皎洁，春风宜温和，秋雨宜凄厉。

通常所谓“自然美”和“自然丑”，分析起来，意义不过如此。艺术上所谓美丑，意义是否相同呢?

一般人大半以为自然美和艺术美的对象和成因虽不同，而其为美则一。自然丑和艺术丑也是如此。这个普遍的误解酿成艺术史上两种表面相反而实在都是错误的主张，一是写实主义，一是理想主义。

写实主义是自然主义的后裔。自然主义起于法人卢梭。他以为上帝经手创造的东西，本来都是尽美尽善，人伸手进去搅扰，于是它们才被弄糟。人工造作，无论如何精巧，终比不上自然。自然既本来就美，艺术家最聪明的办法就是模仿它。在英人罗斯金看，艺术原来就是从模仿自然起来的。

人类本来住在露天的树林中，后来他们建筑房屋，仍然是以树林和天空为模型。建筑如此，其他艺术亦然。人工不敌自然，所以用人工去模仿自然时，最忌讳凭己意选择去取。罗斯金说：

> 纯粹主义者拣选精粉，感官主义者杂取秕糠，至于自然主义则兼容并包，是粉就拿来制饼，是草就取来塞床。

这段话后来变成写实派的信条。写实主义最盛于十九世纪后半叶的法国，尤其是在小说方面。左拉是大家公认的代表。所谓写实主义就是完全照实在描写，愈像愈妙。比如描写一个酒店就要活像一个酒店，描写一个妓女就要活像一个妓女。既然是要像，就不能不详尽精确，所以写实派作者欢喜到实地搜集“凭据”，把它们很仔细地写在笔记簿上，然后把它们整理一番，就成了作品。他们写一间房屋时至少也要用三五页的篇幅，才肯放松它。

这种艺术观的难点甚多，最显著的有两端。第一，艺术的最高目的既然只在模仿自然，自然本身既已美了，又何必有艺术呢？如果妙肖自然，是艺术家的唯一能事，则寻常照相家的本领都比吴道子、唐六如高明了。第二，美丑是相对的名词，有丑然后才显得出美。如果你以为自然全体都是美，你看自然时便没有美丑的标准，便否认有美丑的比较，连“自然美”这个名词也没有意义了。

理想主义有见于此。依它说，自然中有美有丑，艺术只模仿自然的美，丑的东西应丢开。美的东西之中又有些性质是重要的，有些性质是琐屑的，艺术家只选择重要的，琐屑的应丢开。这种理想主义和古典主义通常携手并行。古典主义最重“类型”，所谓“类型”就是全类事物的模子。一件事物可以代表一切其他同类事物时就可以说是类型。比如说画马，你不应该画得只像这匹马或是只像那匹马，你该画得像一切马，使每个人见到你的画都觉得他所知道的马恰是像那种模样。要画得像一切马，就须把马的特征、马的普遍性画出来，至于这匹马或那匹马所特有的个性则“琐屑”不足道。假如你选择某一匹马来做模型，它一定也要富于代表性。这就是古典派的类型主义。从此可知类型就是我们在上文所说的事物的常态，就是一般人的“自然美”。

这种理想主义似乎很能邀信任常识者的同情，但是它和近代艺术思潮颇多冲突。艺术不像哲学，它的生命全在具体的形象，最忌讳的是抽象化。凡是一个模样能套上一切人物时就不能适合于任何人，好比衣帽一样。古典派的类型有如几何学中的公理，虽然应用范围很广泛，却不能引起观者的切身的情趣。许多人所公有的性质，在古典派看，虽是精深，而在近代人看，却极平凡、粗浅。近代艺术所搜求的不是类型而是个性，不是彰明较著的色彩而是毫厘之差的阴影。直鼻子、横眼睛是古典派所谓类型。如果画家只能够把鼻子画直，眼睛画横，结果就难免千篇一律，毫无趣味。他应该能够把这个直鼻子所以异于其他直鼻子的，这个横眼睛所以异于其他横眼睛的地方表现出来，才算是有独到的功夫。

在表面上看，理想主义和写实主义似乎相反，其实它们的基本主张是相同的，它们都承认自然中本来就有所谓美，它们都以为艺术的任务在模仿，艺术美就是从自然美模仿得来的。它们的艺术主张都可以称为“依样画葫芦”的主义。它们所不同者，写实派以为美在自然全体，只要是葫芦，都可以拿来作画的模型；理想派则以为美在类型，画家应该选择一个最富于代表性的葫芦。严格地说，理想主义只是一种精炼的写实主义，以理想派攻击写实派，不过是以五十步笑百步罢了。

艺术对于自然，是否应该持“依样画葫芦”的态度呢？艺术美是否从模仿自然美得来的呢？要回答这个问题，我们应该注意到两件事实：

一、自然美可以化为艺术丑。长在藤子上的葫芦本来很好看，如果你的手艺不高明，画在纸上的葫芦就不很雅观。许多香烟牌和月份牌上面的美人画就是如此，以人而论，面孔倒还端正，眉目倒还清秀；以画而论，则往往恶劣不堪。毛延寿有心要害王昭君，才把她画丑。世间有多少王昭君都被有善意而无艺术手腕的毛延寿糟蹋了。

二、自然丑也可以化为艺术美。本来是一个很丑的葫芦，经过大画家点铁成金的手腕，往往可以成为杰作。大醉大饱之后睡在床上放屁的乡下老太婆未必有什么风韵，但是我们谁不高兴看醉卧怡红院的刘姥姥？从前艺术家大半都怕用丑材料，近来艺术家才知道熔自然丑于艺术美，可以使美者更见其美。荷兰画家伦勃朗欢喜画老朽人物，法国文学家波德莱尔欢喜拿死尸一类的事物作诗题，雕刻家罗丹和爱朴斯丹也常用在自然中为丑的人物，都是最显著的例子。

这两件事实所证明的是什么呢？

一、艺术的美丑和自然的美丑是两件事。

二、艺术的美不是从模仿自然美得来的。

从这两点看，写实主义和理想主义都是一样错误，它们的主张恰与这两层道理相反。要明白艺术的真性质，先要推翻它们的“依样画葫芦”的办法，无论这个葫芦是经过选择，或是没有经过选择。

我们说“艺术美”时，“美”字只有一个意义，就是事物现形象于直觉的一个特点。事物如果要能现形象于直觉，它的外形和实质必须融化成一气，它的姿态必可以和人的情趣交感共鸣。这种“美”都是创造出来的，不是天生自在俯拾即是的，它都是“抒情的表现”。我们说“自然美”时，“美”字有两种意义。第一种意义的“美”就是上文所说的常态，例如背通常是直的，直背美于驼背。第二种意义的“美”其实就是艺术美。我们在欣赏一片山水而觉其美时，就已经把自己的情趣外射到山水里去，就已把自然加以人情化和艺术化了。所以有人说：“一片自然风景就是一种心境。”一般人的错误在只知道第一种意义的自然美，以为艺术美和第二种意义的自然美原来也不过如此。

法国画家德拉库瓦说得好："自然只是一部字典而不是一部书。"人人尽管都有一部字典在手边，可是用这部字典中的字来做出诗文，则全凭各人的情趣和才学。做得好诗文的人都不能说是模仿字典，说自然本来就美（"美"字用"艺术美"的意义）者也犹如说字典中原来就有《陶渊明集》和《红楼梦》一类作品在内。这显然是很荒谬的。

“慢慢走，欣赏啊！”
——人生的艺术化

每个人的生命史就是他自己的作品。知道生活的人就是艺术家，他的生活就是艺术作品。

一直到现在，我们都是讨论艺术的创造与欣赏。在收尾这一节中，我提议约略说明艺术和人生的关系。

我在开章明义时就着重美感态度和实用态度的分别，以及艺术和实际人生之中所应有的距离，如果话说到这里为止，你也许误解我把艺术和人生看成漠不相关的两件事。我的意思并不如此。

人生是多方面而却互相和谐的整体，把它分析开来看，我们说某部分是实用的活动，某部分是科学的活动，某部分是美感的活动，为正名析理起见，原应有此分别；但是我们不要忘记，完满的人生见于这三种活动的平均发展，它们虽是可分别的而却不是互相冲突的。“实际人生”比整个人生的意义较为窄狭。一般人的错误在把它们认为相等，以为艺术对于“实际人生”既是隔着一层，它在整个人生中也就没有什么价值。有些人为维护艺术的地位，又想把它硬纳到“实际人生”的小范围里去。这班人不但是误解艺术，而且也没有认识人生。我们把实际生活看作整个人生之中的一片段，所以在肯定艺术与实际人生的距离时，并非肯定艺术与整个人生的隔阂。严格地说，离开人生便无所谓艺术，因为艺术是情趣的表现，而情趣的根源就在人生；反之，离开艺术也便无所谓人生，因为凡是创造和欣赏都是艺术的活动，无创造、无欣赏的人生是一个自相矛盾的名词。

人生本来就是一种较广义的艺术。每个人的生命史就是他自己的作品。这种作品可以是艺术的，也可以不是艺术的，正犹如同是一种顽石，这个人能把它雕成一座伟大的雕像，而另一个人却不能使它“成器”，分别全在性分与修养。知道生活的人就是艺术家，他的生活就是艺术作品。

过一世生活好比做一篇文章。完美的生活都有上品文章所应有的美点。

第一，一篇好文章一定是一个完整的有机体，其中全体与部分都息息相关，不能稍有移动或增减。一字一句之中都可以见出全篇精神的贯注。比如陶渊明的《饮酒》诗本来是“采菊东篱下，悠然见南山”，后人把“见”字误印为“望”字，原文的自然与物相遇相得的神情便完全丧失。这种艺术的完整性在生活中叫作“人格”。凡是完美的生活都是人格的表现。大而进退取与，小而声音笑貌，都没有一件和全人格相冲突。不肯为五斗米折腰向乡里小儿，是陶渊明的生命史中所应有的一段文章，如果他错过这一个小节，便失其为陶渊明。下狱不肯脱逃，临刑时还叮咛嘱咐还邻人一只鸡的债，是苏格拉底的生命史中所应有的一段文章，否则他便失其为苏格拉底。这种生命史才可以使人把它当作一幅图画去惊赞，它就是一种艺术的杰作。

其次，“修辞立其诚”是文章的要诀，一首诗或是一篇美文一定是至性深情的流露，存于中然后形于外，不容有丝毫假借。情趣本来是物我交感共鸣的结果。景物变动不居，情趣亦自生生不息。我有我的个性，物也有物的个性，这种个性又随时地变迁而生长发展。每人在某一时会所见到的景物，和每种景物在某一时会所引起的情趣，都有它的特殊性，断不容与另一人在另一时会所见到的景物，和另一景物在另一时会所引起的情趣，完全相同。毫厘之差，微妙所在。在这种生生不息的情趣中，我们可以见出生命的创化。把这种生命流露于语言文字，就是好文章；把它流露于言行风采，就是美满的生命史。

文章忌俗滥，生活也忌俗滥。俗滥就是自己没有本色而蹈袭别人的成规旧矩。西施患心病，常捧心颦眉，这是自然的流露，所以愈增其美。东施没有心病，强学捧心颦眉的姿态，只能引人嫌恶。在西施是创作，在东施便是滥调。滥调起于生命的枯渴，也就是虚伪的表现。“虚伪的表现”就是“丑”，克罗齐已经说过。“风行水上，自然成纹”，文章的妙处如此，生活的妙处也是如此。在什么地位，是什样的人，感到什样情趣，便现出什样言行风采，叫人一见就觉其谐和完整，这才是艺术的生活。

俗语说得好，“惟大英雄能本色”，所谓艺术的生活就是本色的生活。世间有两种人的生活最不艺术，一种是俗人，一种是伪君子。“俗人”根本就缺乏本色，“伪君子”则竭力遮盖本色。朱晦庵有一首诗说：

> 半亩方塘一鉴开，天光云影共徘徊。问渠那得清如许？为有源头活水来。

艺术的生活就是有“源头活水”的生活。俗人迷于名利，与世浮沉，心里没有“天光云影”，就因为没有源头活水。他们的大病是生命的枯渴。“伪君子”则于这种“俗人”的资格之上，又加上“沐猴而冠”的伎俩。他们的特点不仅见于道德上的虚伪，一言一笑、一举一动，都叫人起不美之感。谁知道风流名士的架子之中掩藏了几多行尸走肉？无论是“俗人”或是“伪君子”，他们都是生活上的“苟且者”，都缺乏艺术家在创造时所应有的良心。像柏格森所说的，他们都是“生命的机械化”，只能作喜剧中的角色。生活落到喜剧里去的人大半都是不艺术的。

艺术的创造之中都必寓有欣赏，生活也是如此。一般人对于一种言行常欢喜说它“好看”、“不好看”，这已有几分是拿艺术欣赏的标准去估量它。但是一般人大半不能彻底，不能拿一言一笑、一举一动纳在全部生命史里去看，他们的“人格”观念太淡薄，所谓“好看”、“不好看”往往只是“敷衍面子”。善于生活者则彻底认真，不让一尘一芥妨碍整个生命的和谐。一般人常以为艺术家是一班最随便的人，其实在艺术范围之内，艺术家是最严肃不过的。在锻炼作品时常呕心呕肝，一笔一画也不肯苟且。王荆公作“春风又绿江南岸”一句诗时，原来“绿”字是“到”字，后来由“到”字改为“过”字，由“过”字改为“入”字，由“入”字改为“满”字，改了十几次之后才定为“绿”字。即此一端可以想见艺术家的严肃了。善于生活者对于生活也是这样认真。曾子临死时记得床上的席子是季路的，一定叫门人把它换过才瞑目。吴季札心里已经暗许赠剑给徐君，没有实行徐君就已死去，他很郑重地把剑挂在徐君墓旁树上，以见“中心契合死生不渝”的风谊。像这一类的言行看来虽似小节，而善于生活者却不肯轻易放过，正犹如诗人不肯轻易放过一字一句一样。小节如此，大节更不消说。董狐宁愿断头不肯掩盖史实，夷齐饿死不愿降周，这种风度是道德的也是艺术的。我们主张人生的艺术化，就是主张对于人生的严肃主义。

艺术家估定事物的价值，全以它能否纳入和谐的整体为标准，往往出于一般人意料之外。他能看重一般人所看轻的，也能看轻一般人所看重的。在看重一件事物时，他知道执着；在看轻一件事物时，他也知道摆脱。艺术的能事不仅见于知所取，尤其见于知所舍。苏东坡论文，谓如水行山谷中，行于其所不得不行，止于其所不得不止。这就是取舍恰到好处，艺术化的人生也是如此。善于生活者对于世间一切，也拿艺术的口胃去评判它，合于艺术口胃者毫毛可以变成泰山，不合于艺术口胃者泰山也可以变成毫毛。他不但能认真，而且能摆脱。在认真时见出他的严肃，在摆脱时见出他的豁达。孟敏堕甑，不顾而去，郭林宗见到以为奇怪。他说："甑已碎，顾之何益？"哲学家斯宾诺莎宁愿靠磨镜过活，不愿当大学教授，怕妨碍他的自由。王徽之居山阴，有一天夜雪初霁，月色清朗，忽然想起他的朋友戴逵，便乘小舟到剡溪去访他，刚到门口便把船划回去。他说："乘兴而来，兴尽而返。"这几件事彼此相差很远，却都可以见出艺术家的豁达。伟大的人生和伟大的艺术都要同时并有严肃与豁达之胜。晋代清流大半只知道豁达而不知道严肃，宋朝理学又大半只知道严肃而不知道豁达。陶渊明和杜子美庶几算得恰到好处。

一篇生命史就是一种作品，从伦理的观点看，它有善恶的分别；从艺术的观点看，它有美丑的分别。善恶与美丑的关系究竟如何呢？

就狭义说，伦理的价值是实用的，美感的价值是超实用的；伦理的活动都是"有所为而为"，美感的活动则是"无所为而为"。比如仁义忠信等等都是善，问它们何以为善，我们不能不着眼到人群的幸福。美之所以为美，则全在美的形象本身，不在它对于人群的效用（这并不是说它对于人群没有效用)。假如世界上只有一个人，他就不能有道德的活动，因为有父子才有慈孝可言，有朋友才有信义可言。但是这个想象的孤零零的人还可以有艺术的活动，他还可以欣赏他所居的世界，他还可以创造作品。善有所赖而美无所赖，善的价值是“外在的”，美的价值是“内在的”。

不过这种分别究竟是狭义的。就广义说，善就是一种美，恶就是一种丑。因为伦理的活动也可以引起美感上的欣赏与嫌恶。希腊大哲学家柏拉图和亚里士多德讨论伦理问题时都以为善有等级，一般的善虽只有外在的价值，而“至高的善”则有内在的价值。这所谓“至高的善”究竟是什么呢？柏拉图和亚里士多德本来是一走理想主义的极端，一走经验主义的极端，但是对于这个问题，意见却是一致。他们都以为“至高的善”在“无所为而为的玩索”(disinterested contemplation)。这种见解在西方哲学思潮上影响极大，斯宾诺莎、黑格尔、叔本华的学说都可以参证。从此可知西方哲人心目中的“至高的善”还是一种美，最高的伦理的活动还是一种艺术的活动了。

“无所为而为的玩索”何以看成“至高的善”呢？这个问题牵到西方哲人对于神的观念。从耶稣教盛行之后，神才是一个大慈大悲的道德家。在希腊哲人以及近代莱布尼兹、尼采、叔本华诸人的心目中，神却是一个大艺术家，他创造这个宇宙出来，全是为着自己要创造、要欣赏。其实这种见解也并不减低神的身份。耶稣教的神只是一班穷叫化子中的一个肯施舍的财主佬，而一般哲人心中的神，则是以宇宙为乐曲而要在这种乐曲之中见出和谐的音乐家。这两种观念究竟是哪一个伟大呢？在西方哲人想，神只是一片精灵，他的活动绝对自由而不受限制，至于人则为肉体的需要所限制而不能绝对自由。人愈能脱肉体需求的限制而作自由活动，则离神亦愈近。“无所为而为的玩索”是唯一的自由活动，所以成为最上的理想。

这番话似乎有些玄渺，在这里本来不应说及。不过无论你相信不相信，有许多思想却值得当作一个意象悬在心眼前来玩味玩味。我自己在闲暇时也欢喜看看哲学书籍。老实说，我对于许多哲学家的话都很怀疑，但是我觉得他们有趣。我以为穷到究竟，一切哲学系统也都只能当作艺术作品去看。哲学和科学穷到极境，都是要满足求知的欲望。每个哲学家和科学家对于他自己所见到的一点真理（无论它究竟是不是真理）都觉得有趣味，都用一股热忱去欣赏它。真理在离开实用而成为情趣中心时就已经是美感的对象了。“地球绕日运行”，“勾方加股方等于弦方”一类的科学事实，和《密罗斯爱神》或《第九交响曲》一样可以摄魂震魄。科学家去寻求这一类的事实，穷到究竟，也正因为它们可以摄魂震魄。所以科学的活动也还是一种艺术的活动，不但善与美是一体，真与美也并没有隔阂。

艺术是情趣的活动，艺术的生活也就是情趣丰富的生活。人可以分为两种：一种是情趣丰富的，对于许多事物都觉得有趣味，而且到处寻求享受这种趣味。一种是情趣枯渴的，对于许多事物都觉得没有趣味，也不去寻求趣味，只终日拼命和蝇蛆在一块争温饱。后者是俗人，前者就是艺术家。情趣愈丰富，生活也愈美满，所谓人生的艺术化就是人生的情趣化。

“觉得有趣味”就是欣赏。你是否知道生活，就看你对于许多事物能否欣赏。欣赏也就是“无所为而为的玩索”。在欣赏时人和神仙一样自由、一样有福。

阿尔卑斯山谷中有一条大汽车路，两旁景物极美，路上插着一个标语牌劝告游人说：“慢慢走，欣赏啊！”许多人在这车如流水马如龙的世界过活，恰如在阿尔卑斯山谷中乘汽车兜风，匆匆忙忙地急驰而过，无暇一回首流连风景，于是这丰富华丽的世界便成为一个了无生趣的囚牢。这是一件多么可惋惜的事啊！

朋友，在告别之前，我采用阿尔卑斯山路上的标语，在中国人告别习用语之下加上三个字奉赠：

“慢慢走，欣赏啊！”

光　潜

1932 年夏，莱茵河畔

图书在版编目（CIP）数据

美是一生的修行 / 朱光潜著. —北京：现代出版社，2019.4

ISBN 978-7-5143-7146-8

Ⅰ. ①美… Ⅱ. ①朱… Ⅲ. ①散文集—中国—当代 Ⅳ. ① I267

中国版本图书馆 CIP 数据核字（2019）第 043453 号

美是一生的修行

著　　者：朱光潜
责任编辑：王传丽　阎欣
封面设计：吉冈雄太郎
出版发行：现代出版社
通信地址：北京市安定门外安华里 504 号
邮政编码：100011
电　　话：010-64267325　64245264（传真）
网　　址：www.1980xd.com
电子邮箱：xiandai@vip.sina.com
印　　刷：三河市南阳印刷有限公司
开　　本：880mm × 1230mm　1/32
印　　张：8.5
字　　数：180 千字
版　　次：2019 年 4 月第 1 版　　印　　次：2019 年 4 月第 1 次印刷
书　　号：ISBN 978-7-5143-7146-8
定　　价：52.80 元